Contemporánea

Clarice Lispector (Tchetchelnik, Ucrania, 1920-Río de Janeiro, 1977) sorprendió a la intelectualidad brasileña con la publicación en 1944 de su primer libro, *Cerca del corazón salvaje*, en el que desarrollaba el tema del despertar de una adolescente, y por el que recibió el premio de la Fundación Graça Aranha 1945. La que entonces se consideró una joven promesa de tan solo diecinueve años se convirtió en una de las más singulares representantes de las letras brasileñas, a cuya renovación contribuyó con títulos tan significativos como *La hora de la estrella*, *Aprendizaje o El libro de los placeres* o su obra póstuma, *Un soplo de vida*.

Clarice Lispector

Agua viva

Traducción de
Elena Losada

DEBOLS!LLO

Papel certificado por el Forest Stewardship Council®

Título original: *Água Viva*

Primera edición: septiembre de 2025
Tercera reimpresión: abril de 2026

© 1973, Paulo Gurgel Valente
© 2004, 2024, Ediciones Siruela, S. A.
© 2025, Penguin Random House Grupo Editorial, S. A. U.
Travessera de Gràcia, 47-49. 08021 Barcelona
© Elena Losada Soler, por la traducción, cedida por Ediciones Siruela, S. A.
Diseño de la cubierta: Penguin Random House Grupo Editorial / Laura Jubert
Ilustración de la cubierta: © David de las Heras a partir de la fotografía
de referencia cedida por Paulo Gurgel Valente
Fotografía de la autora: cedida por Paulo Gurgel Valente

Printed in Spain – Impreso en España

ISBN: 978-84-663-8170-3
Depósito legal: B-12.128-2025

Compuesto en M. I. Maquetación, S. L.
Impreso en Liber Digital, S. L.
Casarrubuelos (Madrid)

P 3 8 1 7 0 3

Debería existir una pintura totalmente libre de la dependencia de la figura —el objeto— que, como la música, no ilustra nada, no cuenta una historia y no lanza un mito. Esa pintura se contenta con evocar los reinos incomunicables del espíritu, donde el sueño se convierte en pensamiento, donde el trazo se convierte en existencia.

MICHEL SEUPHOR

Es con una alegría tan profunda. Es un aleluya tal. Aleluya, grito, aleluya que se funde con el más oscuro alarido humano de dolor de separación pero que es un grito de felicidad diabólica. Porque ya nadie me ata. Sigo con capacidad de razonar —he estudiado Matemáticas, que son la locura de la razón— pero ahora quiero el plasma, quiero alimentarme directamente de la placenta. Tengo un poco de miedo: miedo de entregarme, porque el próximo instante es lo desconocido. ¿El próximo instante está hecho por mí? ¿O se hace solo? Lo hacemos juntos con la respiración. Y con una desenvoltura de torero en la arena.

Te digo: estoy intentando captar la cuarta dimensión del instante-ya, que de tan fugitivo ya no existe porque se ha convertido en un nuevo instante-ya que ahora tampoco existe. Quiero apoderarme del es de la cosa. Esos instantes que transcurren en el aire que respiro, como fuegos artificiales estallan mudos en el espacio. Quiero poseer los átomos del tiempo. Y quiero capturar el presente que, por su propia naturaleza, me está prohibido; el presente se me escapa, la actualidad huye, la actualidad soy yo siempre en presente. Solo en el acto del amor —por la nítida abstracción de estrella de lo que se siente— se capta la incógnita del instante, que es duramente cristalina y vibra en el aire, y la vida es ese instante incontable, más grande que el acontecimiento en sí; en el amor el instante de júbilo impersonal refulge en el aire, gloria extraña del cuerpo, materia sensibilizada por el escalofrío de los instantes, y lo que se siente es al mismo tiempo inmaterial y tan objetivo que sucede como fuera del cuerpo, brillando en lo alto; alegría, la alegría es la materia del tiempo y es por excelencia el instante. Y en el instante está el es de sí mismo. Quiero captar mi es. Y canto un aleluya al aire como lo hace el pájaro. Y mi canto no es de nadie. Pero no hay pasión sufrida en el dolor y en el amor a la que no le siga un aleluya.

¿Mi tema es el instante? Mi tema de vida. Intento estar a su nivel, me divido millares de veces en tantas veces como los instantes que transcurren, tan fragmentaria soy y tan precarios los momentos, solo me comprometo con la vida que nace con el tiempo y que crece con él; solo en el tiempo hay espacio para mí.

Te escribo entera y siento un sabor en ser y el sabor-a-ti es abstracto como el instante. También con todo el cuerpo pinto mis cuadros y en el lienzo fijo lo incorpóreo, yo cuerpo-a-cuerpo conmigo misma. No se comprende la música, se escucha. Escúchame entonces con todo tu cuerpo. Cuando llegues a leerme preguntarás por qué no me limito a la pintura y a mis exposiciones, por qué escribo tosco y sin orden. Es que ahora siento necesidad de palabras y es nuevo para mí lo que escribo porque mi verdadera palabra está hasta ahora intacta. La palabra es mi cuarta dimensión.

Hoy he acabado el lienzo del que te hablé; líneas redondas que se entrecruzan con trazos finos y negros, y tú, que tienes la costumbre de querer saber por qué —el porqué no me interesa, la causa es la materia del pasado—, te preguntarás ¿por qué los trazos negros y finos? Es por el mismo secreto que me hace escribir ahora como si fuese a ti, escribo redondo, enmarañado y tibio, pero a veces frío como los instantes frescos, agua del arroyo que tiembla siempre por sí misma. ¿Lo que he pintado en esa tela es susceptible de ser fraseado? Tanto como la palabra muda pueda estar implícita en el sonido musical.

Veo que nunca te he dicho cómo escucho música: apoyo levemente la mano en el fonógrafo y la mano vibra y transmite ondas a todo el cuerpo: así oigo la electricidad de la vibración, sustrato último en el dominio de la realidad, y el mundo tiembla en mis manos.

Entonces entiendo que quiero para mí el sustrato vibrante de la palabra repetida en canto gregoriano. Soy consciente de que todo lo que sé no lo puedo decir, solo puedo pintando o pronunciando sílabas ciegas de sentido. Y si tengo que usar aquí palabras, tienen que tener un sentido casi únicamente corpóreo, estoy en guerra con la vibración última. Para decirte mi sustrato hago una frase de palabras hechas solo de los instantes-ya. Lee entonces mi invento de pura vibración sin otro significado más que el de cada silbante sílaba, lee lo siguiente: «Con el transcurrir de los siglos perdí el secreto de Egipto, cuando me movía en longitud, latitud y altitud por la acción energética de los electrones, protones, neutrones, en la fascinación que es la palabra y su sombra». Esto que te he escrito es un dibujo electrónico y no tiene pasado ni futuro: es simplemente ya.

También tengo que escribirte porque tu campo está sembrado de palabras discursivas y no de la franqueza de mi pintura. Sé que mis frases son primarias, escribo con demasiado amor por ellas y ese amor compensa las faltas, pero demasiado amor perjudica el trabajo. Esto no es un libro porque no se escribe así. ¿Lo que escribo es un único clímax? Mis días son un único clímax; vivo al margen.

Al escribir no puedo fabricar como en la pintura, cuando fabrico artesanalmente un color. Pero estoy intentando escribirte con todo el cuerpo, enviarte una flecha que se hinque en el punto tierno y neurálgico de la palabra. Mi cuerpo incógnito te dice: dinosaurios, ictiosauros y plesiosauros, con un sentido tan solo auditivo, sin que por eso se conviertan en paja seca, sino húmeda. No pinto ideas, pinto el más inalcanzable «para siempre». O «para nunca», da igual. Antes que nada, pinto pintura. Y antes que nada te escribo dura escritura. Quiero como poder coger con la mano la palabra. ¿La palabra es un objeto? Y a los instantes les extraigo el zumo de la fruta; tengo que destituirme para alcanzar el meollo y la semilla de la vida. El instante es semilla viva.

La armonía secreta de la desarmonía: quiero no lo que está hecho sino lo que tortuosamente aún se está haciendo. Mis desequilibradas palabras son el lujo de mi silencio. Escribo en acrobáticas y aéreas piruetas, escribo porque deseo hablar profundamente. Aunque escribir solo me esté dando la gran medida del silencio.

Y si digo «yo» es porque no me atrevo a decir «tú», o «nosotros» o «uno». Estoy obligada a personalizarme empequeñeciéndome pero soy el eres-tú.

Sí, quiero la palabra última, que también es tan primera que ya se confunde con la parte intangible de lo real. Todavía tengo miedo de apartarme de la lógica porque caigo en lo instintivo y en lo directo y en el futuro; ya es futuro y cualquier hora es la hora marcada. Pero ¿qué mal hay, sin embargo, en que yo me aparte de la lógica? Estoy tratando con la materia prima. Estoy por detrás de lo que queda detrás del pensamiento. Es inútil querer clasificarme; simplemente no me dejo y me escabullo, tipo a que no me pillas. Estoy en un estado muy nuevo y verdadero, curioso de sí mismo, tan atractivo y personal que no puedo pintarlo o escribirlo. Se parece a momentos que viví contigo, cuando te amaba, más allá de los cuales no pude ir porque fui hasta el fondo de los momentos. Es un estado de contacto con la energía circundante y me estremezco. Una especie de loca, loca armonía. Sé que mi mirada debe de ser la de una persona primitiva que se entrega por entero al mundo, primitiva como los dioses que solo admiten vastamente el bien y el mal y no quieren conocer el bien enmarañado como cabellos en el mal, mal que es lo bueno.

Fijo instantes repentinos que traen consigo su propia muerte y otros nacen; fijo los instantes de metamorfosis y su secuencia y su concomitancia son de una terrible belleza.

Ahora está amaneciendo y la aurora es de neblina blanca en las arenas de la playa. Todo es mío entonces. Apenas toco los alimentos, no quiero despertarme más allá del despertar del día. Voy creciendo con el día que al crecer me mata cierta vaga esperanza y me obliga a mirar cara a cara al duro sol. El vendaval sopla y desordena mis papeles. Oigo ese viento de gritos, estertor de pájaro abierto en oblicuo vuelo. Y yo aquí me obligo a la severidad de un lenguaje tenso, me obligo a la desnudez de un esqueleto blanco que está libre de humores. Pero el esqueleto está libre de vida y mientras vivo me estremezco toda. No conseguiré la mudez final. Y todavía no la quiero, según parece.

Esta es la vida vista por la vida. Puedo no tener sentido pero es la misma falta de sentido que tiene la vena que late.

Quiero escribirte como quien aprende. Fotografío cada instante. Profundizo en las palabras como si pintase, más que un objeto, su sombra. No quiero preguntar por qué se puede preguntar siempre por qué y seguir siempre sin respuesta: ¿consigo entregarme al expectante silencio que sigue a una pregunta sin respuesta? Aunque adivine que en algún lugar o en algún tiempo existe la gran respuesta para mí.

Y después sabré cómo pintar y escribir, después de la extraña pero íntima respuesta. Escúchame, escucha el silencio. Lo que te digo nunca es lo que te digo y sí otra cosa. Capta esa cosa que se me escapa y sin embargo vivo de ella y estoy sobre su brillante oscuridad. Un instante me lleva insensiblemente a otro y el tema atemático se va desarrollando sin plan pero geométrico, como las figuras sucesivas en un calidoscopio.

Entro lentamente en mi dádiva a mí misma, esplendor dilacerado por el cantar último que parece ser el primero. Entro lentamente en la escritura como he entrado en la pintura. Es un mundo enmarañado de lianas, sílabas, madreselvas, colores y palabras, umbral de entrada a la ancestral caverna que es el útero del mundo y del que voy a nacer.

Y si muchas veces pinto grutas es porque ellas son mi zambullida en la tierra, oscuras pero aureoladas de claridad, y yo sangre de la naturaleza; grutas extravagantes y peligrosas, talismán de la tierra, donde se unen estalactitas, fósiles y piedras, y donde los animales que aman su propia naturaleza maléfica buscan refugio. Las grutas son mi infierno. Gruta siempre soñadora con sus nieblas, ¿recuerdo o nostalgia? Asombrosa, espantosa, esotérica, verde por el limo del tiempo. Dentro de la caverna oscura centellean colgados esos ratones con alas en forma de cruz, los murciélagos. Veo arañas peludas y negras. Ratones y ratas corren asustados por el suelo y por las paredes. Entre las piedras el escorpión. Cangrejos, iguales a sí mismos desde la prehistoria, a través de muertes y nacimientos, que parecerían bestias amenazadoras si fuesen del tamaño de un hombre. Cucarachas viejas se arrastran en la penumbra. Y todo eso soy yo. Todo está cargado de sueño cuando pinto una gruta o te escribo sobre ella; de fuera viene el tropel de decenas de caballos sueltos golpeando con sus cascos secos las tinieblas, y de la fricción de los cascos el júbilo se liberta en chispas; aquí estamos, la gruta y yo, en el tiempo que nos pudrirá.

Quiero poner en palabras pero sin descripción la existencia de la gruta que pinté hace algún tiempo, y no sé cómo. Solo repitiendo su dulce horror, caverna del terror y de las maravillas, lugar de las almas en pena, invierno e infierno, sustrato imprevisible del mal que está dentro de una tierra que no es fértil. Llamo a la gruta por su nombre y ella pasa a vivir con su miasma. Tengo miedo entonces de mí, que sé pintar el horror, yo, bicho de cavernas resonantes que soy, y me ahogo porque soy palabra y también su eco.

Pero el instante-ya es una luciérnaga que se enciende y se apaga. El presente es el instante en que la rueda de un automóvil a gran velocidad toca mínimamente el suelo. Y la parte de la rueda que aún no lo ha tocado lo tocará en un futuro inmediato que absorbe el instante presente y hace de él pasado. Yo, viva y centelleante como los instantes, me enciendo y me apago, me enciendo y me apago, me enciendo y me apago. Pero aquello que capto en mí tiene, ahora que está siendo transpuesto a la escritura, la desesperación de que las palabras ocupen más instantes que la mirada. Más que un instante quiero su fluencia.

Nueva era esta mía, y ya se me anuncia. ¿Tengo valor? Por ahora lo tengo: porque vengo de lo sufrido lejos, vengo del infierno del amor pero ahora estoy libre de ti. Vengo de lejos, de una fuerte ancestralidad. Yo, que vengo del dolor de vivir. Y ya no lo quiero. Quiero la vibración de lo alegre. Quiero la neutralidad de Mozart. Pero también quiero la inconsecuencia. ¿Libertad?, es mi último refugio, me he obligado a la libertad y la soporto no como un don sino con heroísmo: soy heroicamente libre. Y quiero la fluencia.

No es cómodo lo que te escribo. No hago confidencias. Más bien me metalizo. Y no te soy ni me soy cómoda; mi palabra estalla en el espacio del día. Lo que sabrás de mí es la sombra de la flecha que se ha clavado en el blanco. Solo cogeré inútilmente una sombra que no ocupa lugar en el espacio, y lo único que importa es el dardo. Construyo algo fuera de mí y de ti, esa es mi libertad, que lleva a la muerte.

En este instante-ya estoy envuelta en un vago deseo difuso de maravilla y en millares de reflejos de sol en el agua que brota de la fuente de un jardín maduro de perfumes, jardín y sombras que invento ya y ahora y que son el medio concreto de hablar en este mi instante de vida. Mi estado es el de jardín con agua que fluye. Al describirlo intento mezclar palabras para que el tiempo se cumpla. Lo que te digo tiene que ser leído rápidamente, como cuando se mira.

Ahora es ya pleno día y de repente otra vez domingo en erupción inesperada. El domingo es un día de ecos; cálidos, secos, y por todas partes el zumbido de abejas y avispas, gritos de pájaros y la lejanía de los martillazos acompasados, ¿de dónde vienen los ecos del domingo? Yo que detesto el domingo porque está hueco. Yo, que quiero la cosa más primordial porque es la fuente de la generación —yo que ambiciono beber agua en el manantial de la fuente—, yo que soy todo eso, debo por fatal y trágico destino conocer tan solo y experimentar tan solo los ecos de mí, porque no capto el mí propiamente dicho. Estoy en una expectativa estupefaciente, trémula, maravillada, de espaldas al mundo, y en alguna parte huye la inocente ardilla. Plantas, plantas. Me quedo dormitando bajo el calor estival del domingo lleno de moscas volando alrededor del azucarero. Alarde colorido, el del domingo, y esplendidez madura. Y todo eso lo he pintado hace algún tiempo y en otro domingo. Y he aquí aquel lienzo, antes virgen, ahora cubierto de colores maduros. Moscas azules brillan ante mi ventana abierta al aire de la calle adormilada. El día parece la piel estirada y lisa de una fruta que con una pequeña catástrofe los dientes rompen, su zumo escurre. Tengo miedo del domingo maldito que me liquida.

Para rehacerme y rehacerte vuelvo a mi estado de jardín y de sombra, fresca realidad, apenas existo y si existo es con un delicado cuidado. Alrededor de la sombra hace un calor de sudor abundante. Estoy viva. Pero siento que aún no he alcanzado mis límites, ¿fronteras con qué?, sin fronteras, la aventura de la libertad peligrosa. Pero me arriesgo, vivo arriesgándome. Estoy llena de acacias que se balancean, amarillas, y yo, que apenas he comenzado mi jornada, la empiezo con un sentido de tragedia, adivinando hacia qué océano perdido van mis pasos de vida. Y locamente me apodero de los desvanes de mí, mis desvaríos me asfixian de tanta belleza. Yo soy antes, yo soy casi, yo soy nunca. Y todo eso lo he obtenido al dejar de amarte.

Te escribo como un esbozo antes de pintar. Veo palabras. Lo que digo es puro presente y este libro es una línea recta en el espacio. Es siempre actual, y el fotómetro de una máquina fotográfica se abre e inmediatamente se cierra, pero guardando en sí el flash. Aunque diga «he vivido» o «viviré» es presente porque yo lo digo ahora.

He empezado estas páginas también con la finalidad de prepararme para pintar. Pero ahora estoy poseída por el gusto de las palabras, y casi me libero del dominio de las pinturas; siento una voluptuosidad al ir creando lo que te diré. Vivo la ceremonia de la iniciación de la palabra y mis gestos son hieráticos y triangulares.

Sí, esta es la vida vista por la vida. Pero de repente olvido cómo captar lo que sucede, no sé captar lo que existe más que viviendo aquí cada cosa que surge y no importa qué: estoy casi libre de mis errores. Dejo que el caballo libre corra fogoso. Yo, que troto nerviosa y solo la realidad me delimita.

Y cuando el día llega a su fin oigo los grillos y me vuelvo repleta e ininteligible. Después vivo la madrugada azulada que viene con sus entrañas llenas de pájaros; ¿te estoy dando una idea de lo que uno pasa en vida? Y cada cosa que se me ocurra yo la anoto para fijarla. Porque quiero sentir en las manos el nervio trémulo y vivaz del ya y que me reaccione ese nervio como una bulliciosa vena. Y que se rebele, ese nervio de vida, y que se retuerza y lata. Y que se derramen zafiros, amatistas y esmeraldas en el oscuro erotismo de la vida plena; porque en mi oscuridad tiembla por fin el gran topacio, la palabra que tiene luz propia.

Estoy escuchando ahora una música selvática, casi solo redoble y ritmo, que viene de una casa vecina donde jóvenes drogados viven el presente. Un instante más de ritmo incesante, incesante, y me sucede algo terrible.

Es que por culpa del ritmo en su paroxismo pasaré al otro lado de la vida. ¿Cómo decírtelo? Es terrible y me amenaza. Siento que no puedo parar y me asusto. Procuro distraerme del miedo. Pero ya hace mucho que pararon los golpes reales, estoy sintiendo el incesante redoblar en mí. Del que tengo que liberarme. Pero no lo consigo, el otro lado de mí me llama. Los pasos que oigo son los míos.

Como si arrancase de las profundidades de la tierra las nudosas raíces de un árbol descomunal, así es como te escribo, y esas raíces es como si fuesen poderosos tentáculos, como voluminosos cuerpos desnudos de fuertes mujeres envueltas en serpientes y en carnales deseos de realización, y todo esto es una plegaria de misa negra, y una petición a rastras de amén; porque lo que es malo está desprotegido y necesita la anuencia de Dios: he ahí la creación.

¿Será que sin darme cuenta he pasado al otro lado? El otro lado es una vida latentemente infernal. Pero existe la transfiguración de mi terror; entonces me entrego a una densa vida llena de símbolos densos como fruta madura. Escojo parecidos equivocados pero que me arrastran a lo enmarañado. Una parte mínima de recuerdo del sentido común de mi pasado me mantiene rozando todavía el lado de acá. Ayúdame porque algo se acerca y se ríe de mí. Deprisa, sálvame.

Pero nadie puede darme la mano para salir, tengo que usar la gran fuerza; y en mi pesadilla con un repentino arranque caigo por fin de bruces en el lado de acá. Me quedo tirada en el suelo agreste, exhausta, mi corazón todavía salta locamente, respiro jadeante. ¿Estoy a salvo? Me seco la frente mojada. Me levanto lentamente, intento dar los primeros pasos de una convalecencia débil. Estoy consiguiendo equilibrarme.

No, todo esto no sucede en la realidad sino en el dominio de... ¿de un arte?, sí, de un artificio a través del cual surge una realidad delicadísima que pasa a existir en mí: la transfiguración me ha sucedido.

Pero el otro lado, del que he escapado a duras penas, se ha vuelto sagrado y a nadie le cuento mi secreto. Me parece que en sueños he hecho en el otro lado un juramento, un pacto de sangre. Nadie sabrá nada, lo que sé es tan volátil y casi inexistente que queda entre mí y yo.

¿Soy uno de los débiles? ¿Una débil que ha sido poseída por un ritmo incesante y loco? ¿Si yo fuese sólida y fuerte ni siquiera habría oído el ritmo? No encuentro respuesta, soy. Es solo esto lo que me viene de la vida. Pero ¿qué soy?; la respuesta es solo: soy qué. Aunque a veces grite: ¡¡no quiero seguir siendo yo!! Pero me pego a mí e inextricablemente se forma una textura de vida.

Quien me quiera acompañar que me acompañe, el camino es largo, es doloroso pero es vivido. Porque ahora te hablo en serio, no estoy jugando con las palabras. Me encarno en las frases voluptuosas e ininteligibles que se enmarañan más allá de las palabras. Y un silencio emana sutil del entrechocar de las frases.

Entonces escribir es la manera de quien usa la palabra como un cebo, la palabra que pesca lo que no es palabra. Cuando esa no-palabra —la entrelínea— muerde el cebo, algo se ha escrito. Cuando se ha pescado la entrelínea, se puede con alivio tirar la palabra. Pero ahí termina la analogía: la no-palabra, al morder el cebo, lo ha incorporado. Lo que salva entonces es escribir distraídamente.

No quiero tener la terrible limitación de quien vive solo de lo que puede tener un sentido. Yo no: lo que quiero es una verdad inventada.

¿Qué te diré? Te diré los instantes. Me desorbito y solo entonces existo, y de un modo febril. Qué fiebre: ¿conseguiré un día parar de vivir? Ay de mí, que tanto muero. Sigo el tortuoso camino de las raíces que revientan la tierra, tengo como don la pasión, en la hoguera de los troncos secos me retuerzo entre las llamas. A la duración de mi existencia le doy un significado oculto que me sobrepasa. Soy un ser concomitante: reúno en mí el tiempo pasado, el presente y el futuro, el tiempo que late en el tic-tac de los relojes.

Para interpretarme y formularme necesito nuevas señales y articulaciones nuevas en formas que se localicen más acá y más allá de mi historia humana. Transfiguro la realidad y entonces otra realidad soñadora y noctámbula me crea. Y toda yo giro y a medida que me revuelco en el suelo me voy añadiendo hojas, yo, obra anónima solo justificable mientras dura mi vida. ¿Y después? Después todo lo que he vivido será de una pobreza superflua.

Pero mientras tanto estoy en medio de lo que grita y pulula. Y es sutil como la realidad más intangible. Mientras tanto el tiempo es lo que dura un pensamiento.

Es de una pureza tal ese contacto con el invisible núcleo de la realidad.

Sé qué estoy haciendo aquí: cuento los instantes que gotean y son de sangre densa.

Sé qué estoy haciendo aquí: estoy improvisando. Pero ¿qué mal hay en eso? Improviso como en el jazz se improvisa la música, jazz furioso, improviso en el escenario.

Es tan curioso haber sustituido las pinturas por esa cosa extraña que es la palabra. Palabras... Me muevo con cuidado entre ellas porque pueden volverse amenazadoras; puedo tener la libertad de escribir lo siguiente: «Peregrinos, mercaderes y pastores guiaban sus caravanas rumbo al Tíbet y los caminos eran difíciles y primitivos». Con esta frase he hecho nacer una escena, como en un flash fotográfico.

¿Qué dice este jazz improvisado? Dice brazos anudados a piernas y las llamas subiendo y yo pasiva como una carne que es devorada por la garra afilada de un águila que interrumpe su vuelo ciego. Me expreso a mí misma y a ti mis deseos más ocultos y consigo con las palabras una orgiástica belleza confusa. ¡Me estremezco de placer por entre la novedad de usar palabras que forman un inmenso matorral! Lucho por conquistar más profundamente mi libertad de sensaciones y de pensamientos, sin ningún sentido utilitario: estoy sola, mi libertad y yo. Es tan grande la libertad que puede escandalizar a un primitivo, pero sé que no te escandalizas con la plenitud que consigo y que no tiene fronteras perceptibles. Esta capacidad mía de vivir lo que es redondo y amplio... Me rodeo de plantas carnívoras y animales legendarios, todo bañado por la tosca y agreste luz de un sexo mítico. Sigo adelante de un modo intuitivo y sin buscar una idea, soy orgánica. Y no me interrogo sobre mis motivos. Me sumerjo en el casi dolor de una intensa alegría; para adornarme nacen entre mis cabellos hojas y ramas.

No sé sobre qué estoy escribiendo; soy oscura para mí misma. Solo tuve inicialmente una visión lunar y lúcida, y entonces capturé para mí el instante antes de que muriese, y que perpetuamente muere. No es un mensaje de ideas lo que transmito y sí una instintiva voluptuosidad de lo que está escondido en la naturaleza y que adivino. Y esta es una fiesta de palabras. Escribo con signos que son más gesto que voz. Todo esto es lo que me he acostumbrado a pintar revolviendo en la naturaleza íntima de las cosas. Pero ahora ha llegado la hora de parar la pintura para recuperarme, me recupero en estas líneas. Tengo una voz. Del mismo modo como me lanzo en el trazo de mi dibujo, este es un ejercicio de vida sin planteamiento. El mundo no tiene un orden visible y yo solo tengo el orden de la respiración. Me dejo suceder.

Estoy dentro de los grandes sueños de la noche; porque el ahora-ya es de noche. Y canto al paso del tiempo; todavía soy la reina de los medas y de los persas y soy también mi lenta evolución que se lanza como un puente levadizo hacia un futuro cuyas nieblas blanquecinas ya respiro hoy. Mi aura es el misterio de la vida. Yo me sobrepaso abdicando de mí y entonces soy el mundo: sigo la voz del mundo; yo misma de repente con voz única.

El mundo: un enmarañado de hilos telegráficos erizados. Y la luminosidad sin embargo oscura; esta soy yo ante el mundo.

Equilibrio peligroso el mío, peligro de muerte del alma. La noche de hoy me mira con letargia, verdín y cebo. Quiero dentro de esta noche que está más lejos que la vida, quiero, dentro de esta noche, una vida cruda y sangrienta y llena de saliva. Quiero la siguiente palabra: esplendidez; esplendidez es la fruta en su zumo, una fruta sin tristeza. Quiero lejanías. Mi salvaje intuición de mí misma. Pero mi núcleo principal está siempre escondido. Soy implícita. Y cuando me explicito pierdo mi húmeda intimidad.

¿De qué color es el infinito espacial? Es del color del aire.

Nosotros; ante el espectáculo de la muerte.

Escucha solo superficialmente lo que digo y de la falta de sentido nacerá un sentido, como de mí nace inexplicablemente una vida alta y leve. La densa selva de palabras envuelve sólidamente lo que siento y vivo, y transforma todo lo que soy en algo mío que está fuera de mí. La naturaleza es envolvente; me cubre y es sexualmente viva, solo esto: viva. También estoy truculentamente viva, y lamo mi hocico como el tigre después de haber devorado el venado.

Te escribo en la hora exacta en sí misma. Me desarrollo solo en lo actual. Hablo hoy —no ayer ni mañana—, pero hoy y en este mismo instante perecedero. Mi libertad pequeña y enmarcada me une a la libertad del mundo; pero ¿qué es una ventana sino el aire enmarcado por escuadras? Estoy ásperamente viva. Me voy, dice la muerte sin añadir que me lleva consigo. Y me estremezco con la respiración jadeante por tener que acompañarla. Yo soy la muerte. Es en este mi ser mismo donde se da la muerte, ¿cómo explicártelo? Es una muerte sensual. Como muerta ando por entre la hierba alta bajo la luz verdosa de los tallos; soy Diana la cazadora de oro y solo encuentro huesos. Vivo de una capa subyacente de sentimientos: estoy viva a duras penas.

Pero esos días de fuerte y condenado verano me insuflan la necesidad de la renuncia. Renuncio a tener un significado, y entonces un dulce y doloroso quebranto se apodera de mí. Formas redondas y redondas se entrecruzan en el aire. Hace calor de verano. Navego en mi galera que arrostra los vientos de un verano hechizado. Las hojas aplastadas me recuerdan el suelo de la infancia. La mano verde y los senos de oro; es así como pinto la marca de Satán. Aquellos que nos temían y ante nuestra alquimia desnudaban hechiceras y magos en busca de la marca recóndita que casi siempre encontraban, aunque solo se supiese de su existencia por la mirada, porque esa marca era indescriptible e impronunciable incluso en la oscuridad de una Edad Media; Edad Media, eres mi oscuro sustrato y a la luz de las higueras los marcados danzan en círculos cabalgando ramas y follajes que son el símbolo fálico de la fertilidad; incluso en las misas blancas se usa sangre y esa sangre es bebida.

Escucha: yo te dejo ser, entonces déjame ser.

Pero eternamente es una palabra muy dura; tiene una «t» granítica en medio. Eternidad, porque todo lo que es no ha empezado nunca. Mi pequeña cabeza tan limitada estalla al pensar en algo que no empieza y que no termina, porque así es lo eterno. Felizmente ese sentimiento dura poco porque yo no soporto que perdure y si continuase me llevaría al desvarío. Pero mi cabeza también estalla al imaginar lo contrario, algo que hubiese empezado: porque ¿dónde comenzaría?, y que terminase: pero ¿qué vendría después de terminar? Como ves, me es imposible profundizar y apoderarme de la vida porque es aérea, es mi leve hálito. Pero sé muy bien lo que quiero aquí: quiero lo no concluido. Quiero el profundo desorden orgánico que sin embargo deja presentir un orden subyacente. La gran potencia de la potencialidad. Estas frases mías balbuceadas se hacen en el mismo momento de escribirlas y crepitan de tan nuevas y aún verdes. Ellas son el ya. Quiero la experiencia de una falta de construcción. Aunque este texto mío esté atravesado completamente, de punta a punta, por un frágil hilo conductor, ¿cuál?, ¿el de la inmersión en la materia de la palabra?, ¿el de la pasión? Un hilo lujurioso, soplo que calienta el discurrir de las sílabas. La vida difícilmente se me escapa aunque me asalte la certeza de que la vida es otra y tiene un estilo oculto.

Este texto que te doy no es para ser visto de cerca, obtiene su secreta redondez antes invisible cuando se ve desde un avión en vuelto alto. Entonces se adivina el juego de las islas y se ven canales y mares. Entiéndeme: te escribo una onomatopeya, una convulsión del lenguaje. Te transmito no una historia sino solo palabras que viven del sonido. Te digo por ejemplo:

«Tronco lujurioso».

Y me baño en él. Está ligado a la raíz que penetra a través de nosotros en la tierra. Todo lo que te escribo es tenso. Uso palabras sueltas que son en sí mismas un dardo libre: «salvajes, bárbaros, nobles decadentes y marginales». ¿Te dice esto algo? A mí me habla.

Pero la palabra más importante de la lengua tiene solo dos letras: es. Es.

Estoy en su meollo.

Todavía estoy.

Estoy en el núcleo vivo y blando.

Todavía.

Centellea y es elástico. Como los andares de una negra pantera brillante que vi y que andaba suavemente, lenta y peligrosa. Pero enjaulada no, porque no quiero. En cuanto a lo imprevisible…, la próxima frase me resulta imprevisible. En el centro donde me encuentro, en el centro del Es, no hago preguntas. Porque cuando es, es. Solo estoy limitada por mi identidad. Yo, entidad elástica y separada de otros cuerpos.

En realidad todavía no veo bien el hilo de la madeja de lo que te estoy escribiendo. Creo que nunca lo veré, pero admito la oscuridad donde refulgen los dos ojos de la pantera suave. La oscuridad es mi caldo de cultivo. La oscuridad hechicera. Te estoy hablando y me arriesgo a la desconexión, soy subterráneamente inalcanzable por mi conocimiento.

Te escribo porque no me entiendo.

Pero me estoy siguiendo. Elástica. Tal es el misterio de ese bosque en el que sobrevivo para ser. Pero ahora creo que lo voy a conseguir. Es decir, voy a entrar. Quiero decir, en el misterio. Yo misma misteriosa y dentro del núcleo en el que me muevo nadando, protozoario. Un día yo dije infantilmente: lo puedo todo. Era la premonición de poder dejarme a mí misma un día y caer en el abandono de cualquier ley. Elástica. La profunda alegría: el éxtasis secreto. Sé cómo inventar un pensamiento. Siento el alborozo de la novedad. Pero sé bien que lo que escribo es solo un tono.

En ese núcleo tengo la extraña impresión de que no pertenezco al género humano.

Hay muchas cosas por decir que no sé cómo decir. Me faltan las palabras. Pero me niego a inventar otras nuevas. Las que ya existen deben decir lo que se consigue decir y lo que está prohibido. Y lo que está prohibido lo adivino. Si hubiese fuerza. Más allá del pensamiento no hay palabras: se es. Mi pintura no tiene palabras: está más allá del pensamiento. En ese terreno del se es soy puro éxtasis cristalino. Se es. Me soy. Tú te eres.

Y estoy hechizada por mis fantasmas, por lo que es mítico, fantástico y gigantesco, la vida es sobrenatural. Y camino sujetando un paraguas abierto sobre una cuerda tensa. Camino hasta el límite de mi gran sueño. Veo la furia de los impulsos viscerales, vísceras torturadas me guían. No me gusta lo que acabo de escribir; pero estoy obligada a aceptar todo el párrafo porque él me ha ocurrido. Mi esencia es inconsciente de sí misma y por eso me obedezco ciegamente.

Estoy siendo antimelódica. Me complazco en la armonía difícil de los ásperos contrarios. ¿Adónde voy? Y la respuesta es: voy.

Cuando muera nunca habré nacido y vivido; la muerte borra las huellas de la espuma del mar en la playa.

Ahora es un instante.

Ya es otro ahora.

Y otro. Mi esfuerzo: traer ahora el futuro hasta el ya. Me muevo dentro de mis instintos hondos que se cumplen a ciegas. Siento entonces que estoy cerca de las fuentes, lagunas y cascadas, todas de aguas abundantes. Y yo libre.

Escúchame, escucha mi silencio. Lo que digo nunca es lo que digo sino otra cosa. Cuando digo «aguas abundantes» estoy hablando de la fuerza del cuerpo en las aguas del mundo. Capta esa otra cosa de la que en realidad hablo porque yo misma no puedo. Lee la energía que está en mi silencio. Ah, tengo miedo de Dios y de su silencio.

Me soy.

Pero está también el misterio de lo impersonal que es el «it»: yo tengo lo impersonal dentro de mí y no es corrupto y putrescible por lo personal que a veces me encharca; pero me seco al sol y soy un impersonal de semilla dura y germinativa. Mi personal es humus en la tierra y vive de la podredumbre. Mi «it» es duro como un guijarro.

La trascendencia dentro de mí es el «it» vivo y blando y tiene el pensamiento que una ostra tiene. ¿La ostra cuando es arrancada de su raíz siente ansiedad? Se inquieta en su vida sin ojos. Yo solía escurrir limón sobre una ostra viva y veía con horror y fascinación cómo se retorcía. Y estaba comiéndome el it vivo. El it vivo es el Dios.

Voy a parar un poco porque sé que el Dios es el mundo. Es lo que existe. ¿Yo rezo a lo que existe? No es peligroso acercarse a lo que existe. La plegaria profunda es una meditación sobre la nada. Es el contacto seco y eléctrico con uno mismo, un uno impersonal.

No me gusta cuando escurren limón en mis profundidades y hacen que me retuerza. ¿Los hechos de la vida son el limón de la ostra? ¿La ostra duerme?

¿Cuál fue el primer elemento? Tuvieron que ser dos para que se produjera el movimiento íntimo del que brota leche.

Me han dicho que las gatas después de parir se comen la placenta y que durante cuatro días no comen nada más. Solo después toman leche. Déjame hablar puramente de amamantar. Se habla de la subida de la leche. ¿Cómo? No ganamos nada con explicarlo porque la explicación exige otra explicación que exigiría otra explicación y que se abriría otra vez al misterio. Pero sé cosas it sobre amamantar niños.

Estoy respirando. Arriba y abajo. Arriba y abajo. ¿Cómo respira la ostra desnuda? Si respira no lo veo. ¿Lo que no veo no existe? Lo que más me emociona es que lo que no veo sin embargo existe. Porque entonces tengo a mis pies todo un mundo desconocido que existe pleno y lleno de rica saliva. La verdad está en alguna parte, pero es inútil pensar. No la descubriré y sin embargo vivo de ella.

Lo que te escribo no llega suavemente, subiendo poco a poco hasta un auge para después ir muriendo mansamente. No, lo que te escribo es de fuego, como ojos en llamas.

Hoy es noche de luna llena. A través de la ventana la luna cubre mi cama y lo baña todo de un lechoso blanco azulado. La luz de luna es desgarbada. Queda al lado izquierdo de quien entra. Entonces huyo cerrando los ojos. Porque la luna llena da un insomnio leve, embotado y somnoliento como después del amor. Y yo había decidido que me iba a dormir para poder soñar, sentía nostalgia de las novedades del sueño.

Entonces soñé una cosa que voy a intentar reproducir. Se trata de una película que estaba viendo. Había un hombre que imitaba a un artista de cine. Y todo lo que ese hombre hacía era a su vez imitado por otros y otros. Cualquier gesto. Y había un anuncio de una bebida llamada Zerbino. El hombre cogía la botella de Zerbino y se la llevaba a la boca. Entonces todos cogían una botella de Zerbino y se la llevaban a la boca. En el centro el hombre que imitaba a un artista de cine decía: esto es un anuncio de Zerbino y Zerbino en realidad no vale nada. Pero no era el final. El hombre volvía a coger la botella y bebía. Y así lo hacían todos; era inevitable. Zerbino era una institución más fuerte que el hombre. Las mujeres en ese momento parecían azafatas. Las azafatas están deshidratadas; es necesario añadirles bastante agua para que se vuelvan leche. Es una película de personas automáticas que saben aguda y gravemente que son automáticas y que no hay escapatoria. El Dios no es automático: para él cada instante es. Él es el it.

Pero hay preguntas que me hice de niña y que no fueron respondidas, se quedaron resonando como un lamento: ¿el mundo se ha hecho solo? Pero ¿dónde se ha hecho? ¿En qué lugar? Y si fue a través de la energía de Dios, ¿cómo empezó? ¿Fue como ahora, que estoy siendo y al mismo tiempo estoy haciéndome? Es esa ausencia de respuesta lo que me deja tan confusa.

Pero 9 y 7 y 8 son mis números secretos. Soy una iniciada sin secta. Ávida de misterio. Mi pasión por el alma de los números, en los que adivino el meollo de su propio destino rígido y fatal. Y sueño con lujuriantes grandezas hundidas en tinieblas; alborozo de la abundancia, donde las plantas aterciopeladas y carnívoras somos nosotros que acabamos de brotar, agudo amor; lento desmayo.

¿Lo que te estoy escribiendo está más allá del pensamiento? Raciocinio sí que no es. Quien sea capaz de parar de razonar —y eso es terriblemente difícil— que me acompañe. Pero por lo menos no estoy imitando a un artista de cine y nadie necesita llevarme a la boca o convertirse en azafata.

Voy a hacerte una confesión: estoy un poco asustada. No sé adónde me llevará esta libertad mía. No es arbitraria ni libertina. Pero ando suelta.

De vez en cuando te daré una leve historia, un aria melódica y cantabile para romper este cuarteto de cuerda mío, una parte figurativa para abrir un claro en mi selva nutricia.

¿Soy libre? Hay algo que todavía me ata. ¿O me ato yo a ello? También es así, no estoy suelta del todo porque estoy en unión con todo. Además una persona es todo. No es pesado cargar con uno mismo porque simplemente no se carga, se es el todo.

Me parece que por primera vez sé las cosas. La impresión es que si no me acerco más a las cosas es solo para no sobrepasarme. Tengo un cierto miedo de mí, no soy de confianza y desconfío de mi falso poder.

Esta es la palabra de quien no puede.

No controlo nada. Ni mis propias palabras. Pero no es triste, es una humildad alegre. Yo, que vivo al margen, estoy a la izquierda de quien entra. Y se estremece en mí el mundo.

¿Esta palabra te parece promiscua? Me gustaría que no lo fuese, yo no soy promiscua. Pero soy caleidoscópica, me fascinan mis mutaciones centelleantes que aquí caleidoscópicamente registro.

Ahora voy a parar un poco para profundizar más. Después volveré.

Ya he vuelto. He estado existiendo. He recibido una carta de São Paulo de alguien a quien no conozco. La última carta de un suicida. Llamé a São Paulo. El teléfono no respondía, sonaba y sonaba como si retumbase en un apartamento en silencio. Murió o no murió. Hoy por la mañana he llamado otra vez, seguía sin responder. Murió, sí. Nunca lo olvidaré.

Ya no estoy asustada. Déjame hablar, ¿sí? Nací así, extrayendo del útero de mi madre la vida que siempre fue eterna. Espérame, ¿eh? Cuando pinto o escribo soy anónima. Mi profundo anonimato que nadie ha tocado nunca.

Tengo algo importante que decirte. Es que no estoy jugando, it es un elemento puro. Es material del instante del tiempo. No estoy cosificando nada, estoy sintiendo el verdadero parto del it. Me siento mareada como quien va a nacer.

Nacer... He ayudado alguna vez a parir a una gata. Sale el gato envuelto en una bolsa de agua y completamente encogido dentro. La madre lame tantas veces la bolsa de agua que esta al final se rompe y el gato queda casi libre, preso solo por el cordón umbilical. Entonces la gata-madre-creadora rompe con los dientes ese cordón y aparece un hecho más en el mundo. Este proceso es el it. No estoy bromeando. Estoy seria. Porque me he liberado. Soy tan simple.

Te estoy dando la libertad. Antes rompo la bolsa de agua. Después corto el cordón umbilical. Y ya estás vivo por tu cuenta.

Y cuando nazco quedo en libertad. Esta es la base de mi tragedia.

No, no es fácil. Pero «es». Me he comido mi propia placenta para no tener que comer durante cuatro días. Para tener leche que darte. La leche es un «esto». Y nadie es yo. Nadie es tú. Esta es la soledad.

Estoy esperando la próxima frase. Es cuestión de segundos. Hablando de segundos, me pregunto si aguantas que el tiempo sea hoy y ahora y ya. Yo lo aguanto porque me he comido mi propia placenta.

A las tres y media de la madrugada me he despertado. Y, elástica, salté enseguida de la cama. He venido a escribirte. Es decir, a ser. Ahora son las cinco y media de la mañana. No tengo ganas de nada, estoy pura. No te deseo esta soledad. Pero yo misma estoy en la oscuridad creadora. Lúcida oscuridad, luminosa estupidez.

Mucho no puedo contarte. No voy a ser autobiográfica. Quiero ser «bio».

Escribo al correr de las palabras.

Antes de la aparición del espejo las personas no conocían su propio rostro más que reflejado en las aguas de un lago. Después de un cierto tiempo cada uno es responsable de su cara. Voy a mirar ahora la mía. Es un rostro desnudo. Y cuando pienso que no existe otro igual al mío en el mundo siento un susto alegre. Y nunca lo habrá. Nunca es lo imposible. Me gusta nunca. También me gusta siempre. ¿Qué hay entre nunca y siempre que los une tan indirectamente e íntimamente?

En el fondo de todo está el aleluya.

Este instante es. Tú que me lees eres.

Me cuesta creer que moriré. Estoy burbujeante en una frescura helada. Mi vida será larguísima porque cada instante es. La impresión es que estoy a punto de nacer y no lo consigo.

Soy un corazón latiendo en el mundo.

Tú que me lees ayúdame a nacer.

Espera, está oscureciendo. Más.

Más oscuro.

El instante es de una oscuridad total.

Continua.

Espera, empiezo a vislumbrar algo. Una forma luminiscente. ¿Una barriga lechosa con ombligo? Espera, porque saldré de esta oscuridad donde tengo miedo, oscuridad y éxtasis. Soy el corazón de las tinieblas.

El problema es que en la ventana de mi cuarto hay un desperfecto en la cortina. No corre y por lo tanto no se cierra. Entonces la luna llena entra del todo y viene a fosforecer de silencios el cuarto; es horrible.

Ahora las tinieblas se van disipando.

He nacido.

Pausa.

Maravilloso escándalo: nazco.

Tengo los ojos cerrados. Soy pura inconsciencia. Ya han cortado el cordón umbilical; ando suelta por el universo. No pienso pero siento el it. Con los ojos cerrados busco ciegamente el pecho, quiero leche espesa. Nadie me ha enseñado a querer. Pero yo ya quiero. Permanezco echada con los ojos abiertos mirando al techo. Por dentro es la oscuridad. Un yo que late ya se forma. Hay girasoles. Hay trigo alto. Yo es.

Oigo el redoble hueco del tiempo. Es el mundo que se forma sordamente. Si lo oigo es porque existo antes de la formación del tiempo. «Yo soy» es el mundo. Un mundo sin tiempo. Mi conciencia ahora es leve y es aire. El aire no tiene lugar ni época. El aire es el no-lugar donde todo va a existir. Lo que estoy escribiendo es música del aire. La formación del mundo. Poco a poco se acerca lo que va a ser. Lo que va a ser ya es. El futuro es hacia delante y hacia atrás y hacia los lados. El futuro es lo que siempre ha existido y siempre existirá. ¿Aunque sea abolido el Tiempo? Lo que te estoy escribiendo no es para leer; es para ser. La trompeta de los ángeles-seres resuena en el sin tiempo. Nace en el aire la primera flor. Se forma el suelo que es tierra. El resto es aire y el resto es lento fuego en perpetua mutación. ¿La palabra «perpetua» no existe porque no existe el tiempo? Pero existe el redoble. Y mi existencia empieza a existir. ¿Empieza entonces el tiempo?

Se me ha ocurrido de repente que no es necesario tener orden para vivir. No hay ningún patrón que seguir y ni siquiera existe el propio patrón; nazco.

Todavía no estoy preparada para hablar de «él» o de «ella». Demuestro «aquello». Aquello es una ley universal. Nacimiento y muerte. Nacimiento. Muerte. El nacimiento es como una respiración del mundo.

Yo soy puro it que late rítmicamente. Pero siento que dentro de poco estaré preparada para hablar de él o de ella. No te prometo ninguna historia. Pero tiene it. ¿quién lo soporta? It es blando y es ostra y es placenta. No estoy bromeando porque no soy un sinónimo, soy el propio nombre. Hay una línea de acero que atraviesa todo esto que te escribo. Está el futuro. Que es hoy mismo.

Mi vasta noche transcurre en lo primario de una latencia. La mano se posa en la tierra y escucha cálido un corazón que late. Veo el gran gusano blanco con senos de mujer: ¿es un ente humano? Lo quemo en una hoguera inquisitorial. Tengo el misticismo de las tinieblas de un pasado remoto. Y salgo de esas torturas de víctima con la marca indescriptible que simboliza la vida. Me rodean criaturas elementales, enanos, gnomos, duendes y genios. Sacrifico animales para obtener la sangre que necesito para mis ceremonias de sortilegio. En mi saña hago ofrenda de mi alma en su misma negritud. La misa me aterroriza, a mí que la celebro. Y la turbia mente domina la materia. La fiera muestra los dientes y galopan en la distancia del aire los caballos de los carros alegóricos.

En mi noche idolatro el sentido secreto del mundo. Boca y lengua. Y un caballo suelto de una fuerza libre. Guardo su casco con amoroso fetichismo. En mi profunda noche sopla un loco viento que me trae briznas de gritos.

Siento el martirio de una inoportuna sensualidad. De madrugada despierto llena de frutos. ¿Quién vendrá a coger los frutos de mi vida sino tú y yo misma? ¿Por qué las cosas un instante antes de suceder parece que ya han sucedido? Es una cuestión de la simultaneidad del tiempo. Y entonces te hago preguntas y estas serán muchas. Porque soy una pregunta.

Y en mi noche siento el mal que me domina. Lo que se llama un bello paisaje no me causa más que cansancio. Lo que me gusta son los paisajes de tierra reseca, con árboles retorcidos y montañas hechas de roca y con una luz alba y suspensa. Allí, sí, allí está la belleza recóndita. Sé que tampoco te gusta el arte. Nací dura, heroica, solitaria y de pie. Y he encontrado mi contrapunto en el paisaje sin elementos pintorescos y sin belleza. La fealdad es mi estandarte de guerra. Yo amo lo feo con un amor de igual a igual. Y desafío a la muerte. Yo, yo soy mi propia muerte. Y nadie va más lejos. Lo que hay de bárbaro en mí busca al bárbaro cruel fuera de mí. Veo en claroscuro los rostros de las personas que vacilan en las llamas de la hoguera. Soy un árbol que arde con duro placer. Solo me posee una dulzura: la connivencia con el mundo. Yo amo mi cruz, con la que dolorosamente cargo. Es lo mínimo que puedo hacer con mi vida, aceptar conmiserablemente el sacrificio de la noche.

Lo extraño se apodera de mí; entonces abro el paraguas negro y me alborozo en una fiesta de baile en la que brillan estrellas. El nervio rabioso dentro de mí que me retuerce. Hasta que la alta noche viene a encontrarme exangüe. La alta noche es grande y me come. El vendaval me llama. Lo sigo y me despedazo. Si no entro en el juego que se desdobla en vida perderé la propia vida en un suicidio de mi especie. Protejo con el fuego mi juego de vida. Cuando mi existencia y la del mundo ya no son sostenibles por la razón, entonces me suelto y sigo a una verdad latente. ¿Acaso reconocería la verdad si esta se comprobase?

Me estoy haciendo. Me hago hasta llegar al hueso.

De mí en el mundo te quiero contar la fuerza que me guía y que me da el propio mundo, la sensualidad vital de estructuras nítidas y las curvas que están orgánicamente ligadas a otras formas curvas. Mi grafismo y mis circunvoluciones son potentes y la libertad que sopla en verano tiene la fatalidad en sí misma. El erotismo propio de lo que está vivo está disperso en el aire, en el mar, en las plantas, en nosotros, disperso en la vehemencia de mi voz, yo te escribo con mi voz. Y hay un vigor de tronco robusto, de raíces entrañadas en la tierra viva que reacciona dándoles alimento. Respiro de noche la energía. Y todo esto en lo fantástico. Fantástico... El mundo por un instante es exactamente lo que mi corazón pide. Estoy dispuesta a morirme y a constituir nuevas composiciones. Estoy expresándome muy mal y las palabras adecuadas se me escapan. Mi forma interna es finalmente depurada y sin embargo mi unión con el mundo tiene la dureza desnuda de los sueños libres y de las grandes realidades. No conozco la prohibición. Y mi propia fuerza me libera, esa vida plena que se me desborda. Y no planeo nada en mi trabajo intuitivo de vivir; trabajo con lo indirecto, lo informal y lo imprevisto.

Ahora de madrugada estoy pálida y jadeante y tengo la boca seca ante lo que alcanzo. La naturaleza en un cántico coral y yo muriendo. ¿Qué canta la naturaleza? La propia palabra final que nunca más será yo. Los siglos caerán sobre mí. Pero mientras tanto una truculencia de cuerpo y alma que se manifiesta en el rico ardor de las palabras densas que se atropellan unas a otras, y algo salvaje, primario y enervado se yergue de mis pantanos, la planta maldita que está próxima a entregarse al Dios. Cuanto más maldita, más hasta el Dios. Me hundí en mí y encontré que quiero vida sangrienta, y el sentido oculto tiene una intensidad que tiene luz. Es la luz secreta de una sabiduría de la fatalidad, la piedra fundamental de la tierra. Es más un presagio de vida que vida misma. Yo la exorcizo excluyendo a los profanos. En mi mundo poca libertad de acción me es concedida. Solo soy libre para ejecutar los gestos fatales. Mi anarquía obedece subterráneamente a una ley donde trato a escondidas con la astronomía, las matemáticas y la mecánica. La liturgia de los enjambres disonantes de los insectos que salen de los pantanos neblinosos y pestilentes. Insectos, sapos, piojos, moscas, pulgas y chinches, todo nacido de una corrupta germinación malsana de larvas. Y mi hambre se alimenta de esos seres putrefactos en descomposición. Mi rito es purificador de fuerzas. Pero hay maldad en la selva. Bebo un sorbo de sangre que me llena por completo. Oigo címbalos y trompetas y tamboriles que llenan el aire de ruidos y rumores marítimos que sofocan el silencio del disco del sol y su prodigio. Quiero un manto tejido con hilos de oro solar. El sol es la tensión mágica del silencio. En mi viaje a los misterios oigo la planta carnívora que lamenta tiempos inmemoriales;

y tengo pesadillas obscenas bajo vientos enfermos. Estoy encantada, seducida, arrebatada por voces furtivas. Las inscripciones cuneiformes casi ininteligibles hablan de cómo concebir y dan fórmulas sobre cómo alimentarse de la fuerza de las tinieblas. Hablan de las hembras desnudas y reptantes. Y el eclipse del sol causa un terror secreto que sin embargo anuncia un esplendor del corazón. Me pongo sobre los cabellos la diadema de bronce.

Más allá del pensamiento —todavía más allá— está el techo que yo miraba de niña. De repente lloraba. Ya era amor. O ni siquiera lloraba. Me quedaba al acecho. Escrutando el techo. El instante es el vasto huevo de vísceras tibias.

Ahora es de nuevo madrugada.

Pero al amanecer creo que nosotros somos los contemporáneos del día siguiente. Que el Dios me ayude; estoy perdida. Te necesito terriblemente. Tenemos que ser dos. Para que el trigo crezca. Estoy tan seria que voy a parar.

Nací hace algunos instantes y estoy confusa.

Los cristales tintinean y brillan. El trigo está maduro; el pan está repartido. Pero ¿repartido con dulzura? Es importante saberlo. No pienso, como el diamante no piensa. Brillo nítida. No tengo hambre ni sed; soy. Tengo dos ojos que están abiertos. Hacia la nada. Hacia el techo.

Voy a hacer un adagio. Lee lentamente y en paz. Es un amplio fresco.

Nacer es así:

Los girasoles viran lentamente sus corolas hacia el sol. El pan se come con dulzura. Mi impulso me liga al de las raíces de los árboles.

Nacimiento; los pobres tienen una oración en sánscrito. No piden, son pobres de espíritu. Nacimiento; los africanos tienen la piel negra y fosca. Muchos son hijos de la reina de Saba y del rey Salomón. Los africanos para dormirme, recién nacida, entonan una letanía primaria en la que cantan monótonamente que la suegra, así que salen, viene y coge un racimo de bananas.

Hay una canción suya de amor que canta también monótonamente el lamento que hago mío: ¿por qué te amo si no me respondes? Envío mensajeros en vano; cuando te saludo me vuelves la cara; ¿por qué te amo si ni siquiera notas mi presencia? Existe también una canción para acunar elefantes que van a bañarse al río. Soy africana; un hilo de lamento triste y amplio y selvático está en mi voz que te canta. Los blancos golpeaban a los negros con el látigo. Pero así como el cisne segrega un aceite que impermeabiliza su piel, del mismo modo el dolor de los negros no puede entrar y no duele. Se puede transformar el dolor en placer, basta con un «clic». ¿Cisne negro?

Pero están los que mueren de hambre y yo no puedo hacer nada más que nacer. Mi letanía es: ¿qué puedo hacer por ellos? Mi respuesta es: pintar un fresco en adagio. Podría sufrir el hambre de los otros en silencio pero una voz de contralto me hace cantar, un canto fosco y negro. Es mi mensaje de persona sola. Uno se come al otro de hambre. Pero yo me he alimentado con mi propia placenta. Y no voy a morderme las uñas porque esto es un tranquilo adagio.

He parado para tomar agua fresca; el vaso ahora ya es de grueso cristal facetado y con miles de chispas de instantes. ¿Los objetos son tiempo parado?

Continúa la luna llena. Los relojes se han parado y el sonido de un carillón ronco se desliza por la pared. Quiero ser enterrada con el reloj en la muñeca para que en la tierra algo pueda pulsar el tiempo.

Soy tan amplia. Soy coherente; mi cántico es profundo. Lento. Pero crece. Está creciendo todavía más. Si crece mucho se convertirá en luna llena y silencio, fantasmagórico suelo lunar. Al acecho del tiempo que para. Lo que te escribo es serio. Se va a convertir en un duro objeto imperecedero. Lo que viene es imprevisto. Para ser inútilmente sincera debo decir que ahora son las seis y cuarto de la mañana.

El riesgo; me estoy arriesgando a descubrir tierra nueva. Donde nunca ha habido seres humanos. Antes tengo que pasar por el vegetal perfumado. He conseguido una dama de noche que está en mi terraza. Voy a empezar a fabricar mi propio perfume; compraré el alcohol apropiado y la esencia que ya viene macerada y sobre todo el fijador, que tiene que ser de origen puramente animal. Almizcle denso. He ahí el último acorde grave del adagio. Mi número es 9. Es 7. Es 8. Todo más allá del pensamiento. Si todo eso existe, entonces yo soy. Pero ¿por qué ese malestar? Es porque no estoy viviendo de la única manera de vivirse que existe para cada uno y sé cuál es. Incómodo. No me siento bien. No sé qué es lo que pasa. Pero algo está mal y produce malestar. Sin embargo soy franca y mi juego es limpio. Abro el juego. Pero no cuento los hechos de mi vida, soy secreta por naturaleza. ¿Qué pasa entonces? Solo sé que no quiero la impostura. Me niego. He profundizado en mí pero no creo en mí porque mi pensamiento es inventado.

Ya puedo prepararme para el «él» o el «ella». El adagio ha llegado al final. Entonces empiezo. No miento. Mi verdad centellea como un colgante de lámpara de cristal.

Pero ella es oculta. Yo aguanto porque soy fuerte; me he comido mi propia placenta.

Aunque todo sea tan frágil. Me siento tan perdida. Vivo de un secreto que irradia rayos luminosos que me ofuscarían si yo no los cubriese con un denso manto de falsas certezas. Que el Dios me ayude; no tengo guía y otra vez está oscuro.

¿Tendré que morir de nuevo para nacer de nuevo? Lo acepto.

Voy a volver a lo desconocido de mí misma y cuando nazca hablaré de «él» o de «ella». Mientras tanto lo que sustenta es «aquello» que es un «it». Crear de uno mismo un ser es muy serio. Estoy creándome. Y andar en la oscuridad completa en busca de nosotros mismos es lo que hacemos. Duele. Pero es el dolor del parto; nace algo que es. Se es. Es duro como una piedra seca. Pero su núcleo es it blando y vivo, perecedero, frágil. Vida de materia elemental.

Como el Dios no tiene nombre le daré el nombre de Simptar. No pertenece a ninguna lengua. Yo me doy el nombre de Amptala. Que yo sepa no existe tal nombre. Tal vez en una lengua anterior al sánscrito, lengua it. Oigo el tic-tac del reloj: entonces me apresuro. El tic-tac es it.

Creo que no voy a morir ahora mismo porque el médico que me ha examinado detenidamente ha dicho que tengo una salud perfecta. ¿Lo ves? El instante ha pasado y yo no me he muerto. Quiero que me entierren directamente en la tierra pero dentro del ataúd. No quiero estar encajonada en la pared como en el cementerio São João Batista, que ya no tiene sitio en el suelo. Entonces inventaron esas diabólicas paredes donde uno está como en un archivo.

Ahora es un instante. ¿Lo sientes? Yo lo siento.

El aire es «it» y no tiene perfume. También me gusta. Pero me gusta la dama de noche almizclada porque su dulzura es una entrega a la luna. He comido mermelada de rosas pequeñas y escarlatas: su sabor nos bendice al mismo tiempo que nos ataca. ¿Cómo reproducir en palabras el sabor? El sabor es uno y las palabras son muchas. En cuanto a la música, después de tocada ¿adónde va? La música solo tiene de concreto el instrumento. Mucho más allá del pensamiento tengo un fondo musical. Pero todavía más allá está el corazón que late. Así el más profundo pensamiento es un corazón que late.

Quiero morir con vida. Juro que solo moriré disfrutando del último instante. Hay una plegaria profunda en mí que nacerá no sé cuándo. Desearía tanto morir de salud. Como quien explota. *Éclater* es mejor: *j'éclate*. Mientras tanto hay diálogo contigo. Después será monólogo. Después el silencio. Sé que habrá una orden.

El caos se prepara de nuevo como los instrumentos musicales que se afinan antes de empezar la música electrónica. Estoy improvisando y la belleza de lo que improviso es una fuga. Siento latir en mí la plegaria que aún no veo. Siento que voy a pedir que los hechos solo resbalen sobre mí sin mojarme. Estoy preparada para el silencio grande de la muerte. Voy a dormir.

Me he levantado. El tiro de gracia. Porque estoy cansada de defenderme. Soy inocente. Incluso ingenua porque me entrego sin garantías. He nacido por Orden. Estoy completamente tranquila. Respiro por Orden. No tengo estilo de vida; he alcanzado lo impersonal, eso que es tan difícil. Dentro de poco la Orden me mandará sobrepasar el máximo. Sobrepasar el máximo es vivir el elemento puro. Hay personas que no aguantan y vomitan. Pero yo estoy acostumbrada a la sangre.

Qué música bellísima oigo en el fondo de mí. Está hecha de fragmentos geométricos que se entrecruzan en el aire. Es música de cámara. La música de cámara no tiene melodía. Es una manera de expresar el silencio. Lo que te escribo es de cámara.

Y esto que intento escribir es una manera de debatirme. Estoy aterrorizada. ¿Por qué en esta tierra hubo dinosaurios? ¿Cómo se extingue una raza?

Verifico que estoy escribiendo como si estuviese entre el sueño y la vigilia.

Entonces de repente veo que hace mucho que no entiendo nada. ¿El filo de mi cuchillo se ha embotado? Me parece que lo más probable es que no entiendo porque lo que veo ahora es difícil: estoy entrando calladamente en contacto con una realidad nueva para mí que todavía no tiene pensamientos que le correspondan y menos aún una palabra que la signifique: es una sensación más allá del pensamiento.

Y entonces mi mal me domina. Soy todavía la cruel reina de los medas y de los persas y soy también una lenta evolución que se lanza como un puente levadizo hacia un futuro cuyas nieblas lechosas ya respiro. Mi aura es la del misterio de la vida. Yo me sobrepaso abdicando de mi nombre, y entonces soy el mundo. Sigo la voz del mundo con una voz única.

Lo que te escribo no tiene principio, es una continuación. De las palabras de este canto, canto que es el mío y el tuyo, se eleva un halo que trasciende las frases, ¿lo sientes? Mi experiencia viene de que ya he conseguido pintar el halo de las cosas. El halo es más importante que las cosas y que las palabras. El halo es vertiginoso. Hinco la palabra en un vacío descampado; vacío es una palabra como un fino bloque monolítico que proyecta sombra. Y es la trompeta que anuncia. El halo es el it.

Necesito sentir de nuevo el it de los animales. Hace mucho tiempo que no entro en contacto con la vida primitiva animal. Necesito estudiar a los animales. Quiero captar el it para poder pintar no un águila y un caballo, sino un caballo con las alas abiertas de una gran águila.

Me estremezco al entrar en contacto físico con los animales o con su simple visión. Los animales me fascinan. Ellos son el tiempo que no se cuenta. Tengo un cierto horror de aquella criatura viva que no es humana y que tiene mis propios instintos aunque libres e indomables. Un animal nunca sustituye una cosa por otra.

Los animales no se ríen. Aunque a veces los perros se ríen. Además de la boca jadeante la sonrisa se transmite por los ojos que brillan y se vuelven más sensuales, mientras el rabo se mueve en una perspectiva alegre. Pero los gatos no se ríen nunca. Un «él» que conozco no quiere saber nada más de gatos. Se hartó para siempre porque tenía una gata que se convertía en una condena periódica. Eran tan imperativos sus instintos que en la época del celo, tras largos y llorosos maullidos, se tiraba desde el tejado y se golpeaba contra el suelo.

A veces me electrizo al ver un animal. Ahora estoy escuchando el grito ancestral dentro de mí; parece que ya no sé quién es la criatura, si yo o el animal. Y me aturdo. Según parece tengo miedo de enfrentarme a mis instintos sofocados que ante el animal me veo obligada a asumir.

Conocí a una «ella» que humanizaba a los animales hablando con ellos y prestándoles sus propias características. No humanizo a los animales porque es una ofensa —hay que respetar su naturaleza—, soy yo la que se animaliza. No es difícil y sucede fácilmente. Se trata de no luchar contra ello, solo entregarse.

No existe nada más difícil que entregarse al instante. Esta dificultad es dolor humano. Es nuestra. Yo me entrego en palabras y me entrego cuando pinto.

Coger un pájaro en la palma medio cerrada de la mano es terrible, es como si tuviese los instantes trémulos en la mano. El pájaro, despavorido, bate desordenadamente millares de alas y de repente tenemos en la mano semicerrada las alas finas debatiéndose y de repente se vuelve intolerable y abrimos deprisa la mano para liberar a la presa leve. O lo entregamos rápidamente a su dueño para que él le dé la relativa libertad más amplia de la jaula. Los pájaros los quiero en los árboles o volando lejos de mis manos. Tal vez algún día llegue a ser íntima de ellos y a gozar de su levísima presencia de instante. «Gozar de su levísima presencia» me da la sensación de haber escrito una frase completa porque dice exactamente lo que es: la levitación de los pájaros.

Nunca se me ocurriría tener una lechuza, aunque las haya pintado en las grutas. Pero un «ella» encontró en el suelo del bosque de Santa Teresa una cría de lechuza sola y sin madre. La llevó a casa. La mimó. La alimentó y le dedicó murmullos y acabó por descubrir que le gustaba la carne cruda. Al crecer era de esperar que huyese inmediatamente, pero tardó en ir en busca de su propio destino que sería el de reunirse con los de su raza loca; es que esta diabólica ave se había encariñado con la muchacha. Hasta que en un arranque —como si luchase consigo misma— se liberó con un vuelo hacia la profundidad del mundo.

He visto caballos sueltos en el pastizal donde de noche el caballo blanco —el rey de la naturaleza— lanza al alto aire su largo relincho de gloria. He tenido perfectas relaciones con ellos. Me recuerdo a mí misma en pie con la misma altivez del caballo y pasando mi mano por su pelo. Por sus crines agrestes. Yo me sentía así: la mujer y el caballo.

Sé historias pasadas pero que ya se renuevan. «Él» me contó que vivió algún tiempo con parte de su familia en una pequeña aldea de un valle de los altos Pirineos nevados. En invierno los lobos hambrientos bajaban de las montañas hasta la aldea para olfatear su presa. Todos los habitantes se encerraban atentos en casa para proteger en la sala a las ovejas, caballos, perros y cabras, el calor humano y el calor animal; todos escuchando atentamente a los lobos que arañaban con sus garras las puertas cerradas. Escuchando. Escuchando.

Estoy melancólica. Es temprano. Pero conozco el secreto de las mañanas puras. Y descanso en la melancolía.

Sé la historia de una rosa. ¿Te parece extraño hablar de una rosa cuando estoy tratando de animales? Pero ella actuó de un modo que recuerda los misterios animales. Cada dos días yo compraba una rosa y la ponía en agua en un jarrón estrecho, especial para albergar el largo tallo de una sola flor. Cada dos días la rosa se marchitaba y yo la cambiaba por otra. Hasta que llegó una rosa especial. De color rosa sin colorante ni injertos y no obstante de un rosa vivísimo creado por la propia naturaleza. Su belleza ensanchaba el corazón en todas las direcciones. Parecía tan orgullosa de la turgencia de su corola abierta y de sus propios pétalos que se mantenía casi erecta con altivez. Porque no se mantenía completamente erecta; con gracia se inclinaba sobre el tallo, que era fino y quebradizo. Una relación íntima e intensa se estableció entre la flor y yo, yo la admiraba y ella parecía sentirse admirada. Y tan gloriosa estuvo en su hechizo y con tanto amor era observada que pasaban los días y no se marchitaba; seguía con la corola abierta y turgente, fresca como una flor recién nacida. Duró llena de belleza y vida toda una semana. Solo entonces empezó a dar algunos síntomas de cansancio. Después murió. La cambié por otra con pena. Y nunca la olvidé. Lo extraño es que la criada me preguntó un día a quemarropa: «¿Y aquella rosa?». Ni siquiera pregunté cuál.

Lo sabía. Esa rosa que vivió por el amor generosamente dado era recordada porque la mujer había visto cómo miraba la flor y le transmitía en ondas mi energía. Había intuido ciegamente que entre la rosa y yo algo había sucedido. Esta —tuve ganas de llamarla «el júbilo de la vida», porque suelo dar nombre a las cosas— tenía tanto instinto de naturaleza que ella y yo hubiéramos podido vivirnos la una a la otra profundamente como solo sucede entre el hombre y el animal.

No haber nacido animal es mi secreta nostalgia. Ellos a veces llaman de lejos a muchas generaciones y yo solo puedo responder sintiéndome inquieta. Es la llamada.

Ese aire libre, ese viento que me golpea en el alma de la cara y la deja ansiosa imitando un angustioso éxtasis nuevo cada vez, nuevamente y siempre, cada vez la inmersión en algo sin fondo donde caigo siempre cayendo sin parar hasta morir y lograr por fin el silencio. Oh viento siroco, no te perdono la muerte, tú que traes un recuerdo lastimado de cosas vividas que, ay de mí, siempre se repiten, incluso bajo formas otras y diferentes. La cosa vivida me espanta como me espanta el futuro. Este, como lo ya pasado, es intangible, mera suposición.

Estoy en este instante en un vacío blanco esperando el próximo instante. Contar el tiempo es solo una hipótesis de trabajo. Pero lo que existe es perecedero y esto obliga a contar el tiempo inmutable y permanente. Nunca ha empezado y nunca acabará. Nunca.

Sé de un «ella» que murió en la cama pero gritando: ¡me estoy apagando! Hasta que llegó el beneficio del coma en el que ella se liberó del cuerpo y no tuvo ningún miedo de morir.

Para escribirte antes me perfumo toda.

Te conozco enteramente porque te vivo enteramente. En mí es profunda la vida. Las madrugadas me encuentran pálida porque he vivido la noche de los sueños profundos. Aunque a veces flote en una aparente superficie que tiene debajo de sí una profundidad azul oscuro casi negro. Por eso te escribo. Por el soplo de las grandes algas y en el tierno manantial del amor.

Voy a morir; siento esa tensión como la de un arco a punto de disparar la flecha. Me acuerdo del signo Sagitario, mitad hombre y mitad animal. La parte humana con una rigidez clásica sostiene el arco y la flecha. El arco puede disparar en cualquier momento y alcanzar el blanco. Sé que voy a alcanzar el blanco.

Ahora voy a escribir al albur de la mano; no intervengo en lo que ella escribe. Esa es la manera de que no haya un desfase entre el instante y yo; actuar en el meollo del mismo instante. Pero siempre hay algún desfase. Empieza así, como el amor impide la muerte, y no sé qué quiero decir con esto. Confío en mi incomprensión que me ha dado una vida libre del entendimiento, he perdido amigos, no entiendo la muerte. Horrible deber es el de ir hasta el fin. Y sin contar con nadie. Vivirse a uno mismo. Y para sufrir menos embotarme un poco. Porque no puedo cargar más con los dolores del mundo. ¿Qué hacer cuando siento totalmente lo que los otros son y sienten? Los vivo pero ya no tengo fuerzas. No quiero contarme ni a mí misma ciertas cosas. Sería traicionar el es-se. Siento que sé algunas verdades. Que ya presiento. Pero las verdades no tienen palabras. ¿Verdades o verdad? No voy a hablar del Dios, Él es mi secreto. Hace un día de sol. La playa estaba llena de un viento agradable y de una libertad. Y yo estaba sola. Sin necesitar a nadie. Es difícil porque necesito compartir contigo lo que siento. El mar en calma. Pero al acecho y sospechoso. Como si una calma tal no pudiese durar. Algo está siempre a punto de suceder. Lo imprevisto y fatal me fascina. He entrado ya contigo en una comunicación tan fuerte que he dejado de existir siendo. Te has convertido en un yo. Es tan difícil hablar y decir cosas que no pueden ser dichas. Es tan silencioso. ¿Cómo traducir el silencio del encuentro real entre nosotros dos? Dificilísimo de contar: te miré fijamente durante unos instantes. Tales momentos son mi secreto. Hubo lo que se llama comunión perfecta. Yo llamo a eso un estado agudo de felicidad. Estoy terriblemente lúcida y parece que alcanzo un nivel más alto de humanidad. O de inhumanidad... el it.

Lo que hago por involuntario instinto no puede ser descrito.

¿Qué estoy haciendo al escribirte? Estoy intentando fotografiar el perfume.

Te escribo sentada junto a una ventana abierta en lo alto de mi estudio.

Te escribo este facsímil de libro, el libro de quien no sabe escribir; pero es que en el dominio más leve del habla casi no sé hablar. Sobre todo hablarte por escrito, yo que me he acostumbrado a que seas la audiencia, aunque distraída, de mi voz. Cuando pinto respeto el material que uso, respeto su primordial destino. Por eso cuando te escribo respeto las sílabas.

Nuevo instante en el que veo lo que seguirá. Aunque para hablar del instante de visión tenga que ser más discursiva que el instante; muchos instantes pasarán antes de que yo desdoble y agote la complejidad una y rápida de un atisbo.

Te escribo a la medida de mi aliento. ¿Soy hermética como en mi pintura? Porque parece que hay que ser terriblemente explícita. ¿Soy explícita? Poco me importa. Ahora voy a encender un cigarrillo. Quizás vuelva a la máquina o quizás me pare aquí mismo para siempre. Yo, que nunca soy adecuada.

He vuelto. Estoy pensando en tortugas. Una vez dije por pura intuición que la tortuga era un animal dinosaúrico. Después leí que es cierto. Tengo cada una. Un día voy a pintar tortugas. Me interesan mucho. Todos los seres vivos, excepto el hombre, son una sorpresa maravillosa: fuimos moldeados y sobró mucha materia prima —it— y se formaron entonces los animales. ¿Para qué una tortuga? Quizás el título de lo que te estoy escribiendo tendría que ser un poco así y en forma interrogativa: «¿Y las tortugas?». Tú que me lees dirías: es cierto que hace mucho que no pienso en tortugas.

Me he sentido de repente tan angustiada que soy capaz de decir ahora fin y acabar lo que te escribo, que es algo como palabras ciegas. Incluso para los descreídos existe el instante de la desesperación que es divino: la ausencia del Dios es un acto de religión. En este mismo instante estoy pidiendo al Dios que me ayude. Lo necesito. Necesito más que la fuerza humana. Soy fuerte pero también destructiva. El Dios tiene que venir a mí ya que yo no he ido a Él. Que el Dios venga, por favor. Aunque yo no lo merezca. Que venga. O quizás los que menos lo merecen más lo necesitan. Soy inquieta y áspera y desesperanzada. Aunque amor dentro de mí, eso sí lo tengo. Pero no sé usar el amor. A veces me araña como si fuese una garra. Si he recibido tanto amor dentro de mí y sin embargo continúo inquieta es porque necesito que el Dios venga. Que venga antes de que sea demasiado tarde. Corro peligro como toda persona que vive. Y la única cosa que me espera es exactamente lo inesperado. Pero sé que tendré paz antes de la muerte y que experimentaré un día lo delicado de la vida. Lo notaré como se come y se vive el sabor de la comida. Mi voz cae en el abismo de tu silencio. Tú me lees en silencio. Pero en ese ilimitado campo mudo despliego las alas, libre para vivir. Entonces acepto lo peor y entro en el centro de la muerte y para eso estoy viva. El centro sensible. Y me vibra ese it.

Ahora voy a hablar del dolor de las flores para sentir más el orden de lo que existe. Antes te ofrezco con placer el néctar, ese zumo dulce que muchas flores contienen y que los insectos buscan con avidez. El pistilo es el órgano femenino de la flor que generalmente ocupa el centro y contiene el rudimento de la semilla. El polen es polvo fecundante producido en los estambres y contenido en las anteras. El estambre es el órgano masculino de la flor. Está compuesto por el estilo y por la antera en la parte inferior rodeando el pistilo. La fecundación es la unión de dos elementos generadores —masculino y femenino— de la que resulta el fruto fértil. «Había plantado el Señor Dios desde el principio un jardín delicioso, en el que colocó al hombre que había formado» (Gén II, 8).

Quiero pintar una rosa.

La rosa es la flor femenina que se entrega por completo, tanto que a ella solo le queda la alegría de haberse entregado. Su perfume es un misterio loco. Cuando se la aspira toca el fondo íntimo del corazón y deja todo el interior del cuerpo perfumado. La manera como ella se abre en mujer es bellísima. Los pétalos tienen un sabor bueno en la boca, solo hay que probarlo. Pero la rosa no es el it. Es ella. Las encarnadas son de una gran sensualidad. Las blancas son la paz del Dios. Es muy raro encontrar en la floristería rosas blancas. Las amarillas son un alegre grito de alarma. Las de color rosa son en general más carnosas y tienen el color por excelencia. Las anaranjadas son producto de injertos y son sexualmente atractivas.

Presta atención, te voy a hacer un favor: te invito a mudarte a un reino nuevo.

El clavel en cambio tiene una agresividad que proviene de una cierta irritación. Son ásperas y petulantes las puntas de sus pétalos. El perfume del clavel es en cierta manera mortal. Los claveles rojos gritan con violenta belleza. Los blancos recuerdan el pequeño ataúd de un niño muerto; el olor entonces se agudiza y desviamos la cabeza con horror. ¿Cómo trasplantar el clavel al lienzo?

El girasol es el gran hijo del sol. Tanto que sabe girar su enorme corola hacia quien lo ha creado. No importa si es padre o madre. No lo sé. ¿Es el girasol una flor femenina o masculina? Creo que masculina.

La violeta es introvertida y su introspección es profunda. Dicen que se esconde por modestia. No es verdad. Se esconde para poder captar su propio secreto. Su casi-no-perfume es una gloria escondida pero exige de la gente que lo busque. No grita nunca su perfume. La violeta dice cosas leves que no se pueden decir.

La siempreviva está siempre muerta. Su sequedad tiende a la eternidad. Su nombre en griego quiere decir sol de oro. La margarita es una florecilla alegre. Es simple y vive superficialmente. Solo tiene una capa de pétalos. Su centro es un juego infantil.

La hermosa orquídea es exquisita y antipática. No es espontánea. Requiere artificio. Pero es una mujer esplendorosa y eso no se puede negar. Tampoco se puede negar que es noble porque es epifita. Las epifitas nacen sobre otras plantas pero sin obtener de ellas su alimento. Estaba mintiendo cuando he dicho que era antipática. Adoro las orquídeas. Ya nacen artificiales, ya nacen arte.

El tulipán solo es tulipán en Holanda. Un solo tulipán simplemente no existe. Necesita campo abierto para ser.

La amapola solo se da entre el trigo. En su humildad tiene la osadía de aparecer con diversas formas y colores. La flor del trigal es bíblica. En los pajares de España no se separa de las gavillas de trigo. Es un pequeño corazón que late.

Pero la angélica es peligrosa. Tiene un perfume de capilla. Provoca éxtasis. Recuerda a la hostia. Muchos tienen ganas de comerla y llenarse la boca con su intenso olor sagrado.

El jazmín es de los enamorados. Da ganas de poner puntos suspensivos ahora. Andan cogidos de la mano, balanceando los brazos y se dan besos suaves bajo el casi sonido oloroso del jazmín.

El ave del paraíso es masculina por excelencia. Tiene una agresividad de amor y de orgullo satisfecho. Parece tener una cresta de gallo y su canto, pero no espera al amanecer. La violencia de tu belleza.

La dama de noche tiene perfume de luna llena; es fantasmagórica y un poco atemorizadora y es para quien ama el peligro. Solo sale de noche con su fragancia embriagadora. La dama de noche es silenciosa. Y también de la esquina desierta y en tinieblas y de los jardines de casas de luces apagadas y ventanas cerradas. Es peligrosísima; es un silbido en la oscuridad, lo que nadie puede resistir. Pero yo lo resisto porque amo el peligro. En cuanto a la suculenta flor del cactus, es grande y olorosa y perfumada y de color brillante. Es la venganza jugosa de la planta desértica. Es el esplendor que nace de la esterilidad despótica.

Me da pereza hablar del edelweis. Es que se encuentra a tres mil cuatrocientos metros de altura. Es blanca y lanosa. Difícilmente alcanzable; es la aspiración.

El geranio es una flor de ventana. Se encuentra en São Paulo, en el barrio de Grajaú y en Suiza.

La victoria regia está en el Jardín Botánico de Río de Janeiro. Es enorme y tiene casi dos metros de diámetro. Las acuáticas son el colmo. Son lo amazónico, el dinosaurio de las flores. Inspiran una gran tranquilidad. Son al mismo tiempo majestuosas y simples. Y a pesar de vivir en la superficie del agua dan sombra. Esto que te escribo es en latín: de natura florum. Después te enseñaré mi estudio ya transformado en dibujo lineal.

El crisantemo tiene una profunda alegría. Habla a través del color y de su aire despeinado. Es una flor que incomprensiblemente controla su propia indisciplina.

Creo que voy a tener que pedir permiso para morir. Pero no puedo, es demasiado tarde. He escuchado el «Pájaro de Fuego» y me he ahogado por completo.

Tengo que parar porque… ¿No te lo dije? ¿No te dije que un día me pasaría algo? Pues me ha pasado ahora mismo. Un hombre llamado João ha hablado conmigo por teléfono. Se ha criado en las profundidades de la Amazonia. Y dice que por ahí circula la leyenda de una planta que habla. Se llama tajá. Y dicen que al ser embelesada de un modo ritual por los indígenas a veces dice una palabra. João me ha contado una cosa que no tiene explicación: una vez llegó tarde por la noche a casa y cuando pasaba por el corredor donde estaba la planta oyó la palabra «João». Entonces pensó que era su madre quien le llamaba y respondió: ya voy. Subió, pero encontró a su madre y a su padre roncando profundamente.

Estoy cansada. Mi cansancio viene de que soy una persona extremadamente ocupada, me ocupo del mundo. Todos los días observo desde la terraza el trozo de playa con mar y veo la espesa espuma más blanca y que durante la noche las aguas han avanzado inquietas. Veo esto por la marca que las olas dejan en la arena. Observo los almendros de la calle donde vivo. Antes de dormir me ocupo del mundo y observo si el cielo de la noche está estrellado y azul marino porque algunas noches en vez de negro el cielo parece azul marino, un color que he pintado en un vitral. Me gustan las intensidades. Me ocupo del niño que tiene nueve años y que está cubierto de harapos y delgadísimo. Tendrá tuberculosis, si es que no la tiene ya. Y en el Jardín Botánico me quedo agotada. Tengo que ocuparme de la mirada de millares de plantas y árboles y sobre todo de la victoria regia. Ella está allí y yo la miro.

Fíjate que no menciono mis impresiones emotivas; lúcidamente hablo de algunas de las miles de cosas y personas de las que me ocupo. Tampoco se trata de un empleo porque no gano dinero por eso. Solo aprendo cómo es el mundo.

¿Qué si me da mucho trabajo ocuparme del mundo? Sí. Por ejemplo, me obliga a recordar el rostro inexpresivo y por eso atemorizador de la mujer que vi en la calle. Con los ojos me ocupo de la miseria de los que viven ladera arriba.

Me preguntarás por qué me ocupo del mundo. Es que nací con ese encargo.

De niña me ocupé de una hilera de hormigas; van en fila india cargando un mínimo de hoja. Lo que no impide que cada una se comunique con la que viene en dirección opuesta. Las hormigas y las abejas ya no son it. Son ellas.

He leído el libro sobre las abejas y desde entonces me ocupo sobre todo de la reina madre. Las abejas vuelan y se relacionan con las flores. ¿Es banal? Esto lo he constatado yo misma. Forma parte del trabajo registrar lo obvio. En la pequeña hormiga cabe todo un mundo que se me escapa si no tengo cuidado. Por ejemplo: cabe un sentido instintivo de organización, un lenguaje ultrasónico y sentimientos de sexo. Ahora no encuentro una sola hormiga a la que observar. Que no ha habido una matanza lo sé porque si no ya lo sabría.

Ocuparse del mundo exige también mucha paciencia; tengo que esperar el día en que aparezca una hormiga.

Sin embargo no he encontrado todavía alguien a quien rendir cuentas. Ahora mismo te rendiré cuentas de aquella primavera que fue tan seca. La radio soltaba chispas al captar la electricidad estática. La ropa se erizaba al soltar la electricidad del cuerpo y el peine levantaba los cabellos imantados; era una dura primavera. Estaba exhausta del invierno y brotaba eléctrica. Desde cualquier punto donde uno estuviese partía hacia la lejanía. Nunca se había visto tanto camino. Hablamos poco tú y yo. Ignoro por qué todo el mundo estaba tan enfadado y electrónicamente apto. Pero ¿apto para qué? El cuerpo pesaba de sueño. Y nuestros grandes ojos, inexpresivos, como ojos de ciego cuando están bien abiertos. En la terraza estaba el pez en su acuario y tomamos un refresco en aquel bar de hotel mirando al campo. Con el viento llegaba el sueño de las cabras; en la otra mesa un fauno solitario. Mirábamos el vaso de refresco helado y soñábamos estáticos dentro del vaso transparente. «¿Qué es lo que has dicho?», preguntabas. «No he dicho nada». Pasaban días y más días y todo en aquel peligro y los geranios tan rojos. Bastaba un instante de sintonización y de nuevo se captaba el estático zarpazo de la primavera al viento, el sueño impúdico de las cabras y el pez vacío y nuestra repentina tendencia al robo de frutas. El fauno ahora coronado en saltos solitarios. «¿Qué?». «No he dicho nada».

Pero yo percibía un primer rumor como de un corazón latiendo bajo la tierra. Colocaba suavemente el oído en el suelo y oía el verano abrirse camino por dentro y mi corazón bajo la tierra —«¡Nada! ¡No he dicho nada!»— y sentía la paciente brutalidad con que la tierra cerrada se abría por dentro como en un parto, y sabía con qué peso de dulzura el verano maduraba cien mil naranjas y sabía que las naranjas eran mías. Porque yo quería.

Me enorgullezco de presentir siempre los cambios de tiempo. Hay algo en el aire; el cuerpo avisa de que vendrá algo nuevo y me alborozo del todo. No sé para qué. Durante aquella misma primavera conseguí la planta llamada prímula. Es tan misteriosa que en su misterio está contenido lo inexplicable de la naturaleza. Aparentemente no tiene nada de especial. Pero el día exacto en que empieza la primavera sus hojas mueren y en su lugar nacen flores cerradas que tienen un perfume femenino y masculino extremadamente embriagador.

Estamos sentados cerca y mirando distraídos. Y entonces ellas indolentemente se van abriendo y se entregan a la nueva estación bajo nuestra mirada maravillada; es la primavera que se instala.

Pero cuando viene el invierno yo doy y doy y doy. Regalo mucho. Acojo camadas de personas en mi pecho tibio. Y se oye el ruido de quien toma sopa caliente. Vivo ahora días de lluvia; ya se acerca mi tiempo de dar.

¿No ves que esto es como el nacimiento de un hijo? Duele. El dolor es la vida exacerbada. El proceso duele. Llegar a ser es un lento y lento dolor bueno. Es el amplio bostezo que nos hace estirarnos al límite. Y la sangre lo agradece. Respiro, respiro, respiro. El aire es it. El aire con viento ya es un él o un ella. Si tuviese que esforzarme para escribirte me sentiría muy triste. A veces no aguanto la fuerza de la inspiración. Entonces pinto contenida. Es tan bueno que las cosas no dependan de mí.

He hablado mucho de la muerte. Pero voy a hablarte ahora del soplo de vida. Cuando uno ya no respira se le hace la respiración boca a boca; se pega la boca a la boca del otro y se respira. Y el otro empieza a respirar otra vez. Este intercambio de respiración es una de las cosas más bellas que he oído contar de la vida. La belleza de este boca a boca me está deslumbrando.

Oh, qué incierto es todo. Y sin embargo dentro del Orden. No sé siquiera lo que voy a escribirte en la frase siguiente. La verdad última nunca se dice. Quien sepa la verdad que venga. Y que hable. Escucharemos afligidos.

… yo lo vi de repente y era un hombre tan extraordinariamente guapo y viril que sentí la alegría de la creación. No es que lo quisiese para mí, tampoco quiero al niño que vi con el pelo de arcángel corriendo detrás de la pelota. Yo quería solo mirar. El hombre me miró un instante y sonrió con calma; él sabía lo bello que era y sé que sabía que yo no lo quería para mí. Sonrió porque no sintió ninguna amenaza. Es que los seres excepcionales en cualquier sentido están expuestos a más peligros que las personas comunes. Crucé la calle y cogí un taxi. La brisa me erizaba los cabellos de la nuca. Y yo me sentía tan feliz que me encogí de miedo en un rincón del taxi, porque la felicidad duele. Y todo esto fue causado por la visión del hombre hermoso. Yo seguía sin quererlo para mí; me gustan más las personas un poco feas y al mismo tiempo armoniosas, pero él en cierta manera me había dado mucho con la sonrisa de camaradería entre personas que se entienden. Yo no entendía todo eso.

El coraje de vivir; dejo oculto lo que necesita estar oculto y necesita propagarse en secreto.

Me callo.

Porque no sé cuál es mi secreto. Cuéntame el tuyo, enséñame el secreto de cada uno de nosotros. No es un secreto inconfesable. Es solo esto, secreto.

Y no tiene fórmulas.

Creo que ahora tendré que pedir permiso para morir un poco. Con permiso, ¿eh? No tardo. Gracias.

… No. No he conseguido morir. ¿Acabo aquí esta «cosapalabra» con un acto voluntario? Todavía no.

Estoy transfigurando la realidad, ¿qué es lo que se me escapa? ¿Por qué no extiendo la mano y lo cojo? Es porque solo he soñado con el mundo pero nunca lo he visto.

Lo que te estoy escribiendo es en tono de contralto. Es un espiritual negro. Tiene un coro y velas encendidas. Ahora siento vértigo. Tengo un poco de miedo. ¿Adónde me llevará mi libertad? ¿Qué es esto que estoy escribiendo? Esto hace de mí una solitaria. Pero voy y rezo y mi libertad es regida por el Orden; ya no tengo miedo. Lo que me guía es solo un sentido de descubrimiento. Más allá de lo más profundo del pensamiento.

Seguirme es en realidad lo que hago cuando te escribo y ahora mismo; me sigo sin saber adónde me llevará. A veces seguirme es tan difícil. Porque es seguir lo que aún no es más que una nebulosa. A veces acabo por desistir.

Ahora tengo miedo. Porque voy a decirte una cosa. Espera que se me pase el miedo.

Ya se me ha pasado. Es lo siguiente: la disonancia me resulta armoniosa. La melodía a veces me cansa. Y también el llamado «leit-motiv». Quiero en la música y en lo que te escribo y en lo que pinto, quiero trazos geométricos que se crucen en el aire y formen una desarmonía que yo entiendo. Es puro it. Mi ser se impregna del todo y levemente se embriaga. Esto que te estoy diciendo es muy importante. Yo trabajo cuando duermo, porque entonces me muevo en el misterio.

Hoy es domingo por la mañana. En este domingo de sol y de Júpiter estoy sola en casa. Me he doblado de repente en dos y hacia delante como con un profundo dolor de parto y he visto que la niña dentro de mí moría. Nunca olvidaré este domingo sangriento. Tardará tiempo en cicatrizar. Y heme aquí dura y silenciosa y heroica. Sin niña dentro de mí. Todas las vidas son vidas heroicas.

La creación se me escapa. Y no quiero saber tanto. Me basta con que el corazón me lata en el pecho. Me basta con lo imposible vivo del it.

Siento ahora mismo el corazón latiendo desordenadamente dentro del pecho. Es una reivindicación porque en las últimas frases he estado pensando solamente en el nivel de mi superficie. Entonces las profundidades de la existencia se manifiestan para bañar y borrar las huellas del pensamiento. El mar borra las huellas de las olas en la arena. Oh Dios, qué feliz soy. Lo que estropea la felicidad es el miedo.

Todavía tengo miedo. Pero el corazón late. El amor inexplicable hace que el corazón lata más deprisa. La única garantía es que he nacido. Tú eres una forma de ser yo y yo una forma de serte, estos son los límites de mi posibilidad.

Siento una sensación tan deliciosa… Un dulce quebranto al hablarte. Pero está la espera. La espera es sentirme voraz en relación al futuro. Un día dijiste que me amabas. Finjo creerlo y he vivido, de ayer a hoy, en un amor alegre. Pero recordarse con nostalgia es como despedirse otra vez.

Un mundo fantástico me rodea y me es. Oigo el canto loco de un pájaro y aplasto mariposas entre los dedos. Soy una fruta roída por un gusano. Y espero el apocalipsis orgásmico. Una masa disonante de insectos me rodea, luz de candil encendido que soy. Entonces me desorbito para ser. Estoy en trance. Penetro en el aire circundante. Qué fiebre, no consigo parar de vivir. En esta densa selva de palabras que ha envuelto frondosamente lo que siento y pienso y vivo y que transforma todo lo que soy en algo mío que sin embargo está completamente fuera de mí. Estoy viéndome pensar. Lo que me pregunto es: ¿quién en mí está más allá incluso de pensar? Te escribo todo esto porque es un desafío que me veo obligada con humildad a aceptar. Estoy poseída por mis fantasmas, por lo que es mítico y fantástico; la vida es sobrenatural. Y yo camino por la cuerda floja hasta el límite de mi sueño. Las vísceras, torturadas por la voluptuosidad, me guían, furia de los impulsos. Antes de organizarme tengo que desorganizarme del todo. Para experimentar el primer y pasajero estado primario de libertad. De la libertad de errar, caer y levantarme.

Pero si espero a comprender para aceptar las cosas nunca se producirá el acto de entrega. Tengo que dar el salto de una sola vez, un salto que abarca la comprensión y sobre todo la incomprensión. ¿Y quién soy yo para atreverme a pensar? Lo que debo hacer es entregarme. ¿Cómo se hace? Sé, no obstante, que solo andando se sabe andar y —milagro— se anda.

Yo, que fabrico el futuro como una araña diligente. Y lo mejor de mí es cuando no sé nada y fabrico no sé qué.

Entonces de repente veo que no sé nada. ¿El filo de mi cuchillo se está embotando? Me parece que lo más probable es que no entiendo porque lo que veo ahora es difícil; estoy entrando disimuladamente en contacto con una realidad nueva para mí y que todavía no tiene pensamientos correspondientes, y mucho menos aún alguna palabra que la signifique. Es sobre todo una sensación más allá del pensamiento.

¿Cómo explicártelo? Lo intentaré. Es que estoy sintiendo una realidad sesgada. Vista a través de un corte oblicuo. Solo ahora he intuido lo oblicuo de la vida. Antes solo veía a través de cortes rectos y paralelos. No entendía el insípido trazo sesgado. Ahora adivino que la vida es otra. Que vivir no es solo desarrollar sentimientos densos; es un sortilegio mayor y más grácil, sin que por ello pierda su sutil vigor animal. Sobre esta vida insólitamente sesgada he puesto mi pata que pesa, haciendo así que la existencia fenezca en lo que tiene de oblicuo y fortuito y sin embargo al mismo tiempo sutilmente fatal. He comprendido la fatalidad del azar y no existe en eso contradicción.

La vida oblicua es muy íntima. No digo más sobre esa intimidad para no herir al pensar-sentir con palabras secas. Para dejar esa oblicuidad en su independencia desenvuelta.

Y conozco también un modo de vida que es suave orgullo, gracia de movimientos, frustración leve y continua, con una habilidad para esquivar que procede de un largo camino antiguo. Como señal de revuelta solo una ironía sin peso y excéntrica. Hay un lado de la vida que es como en invierno tomar café en una terraza expuesta al frío y envuelta en lana.

Conozco un modo de vida que es sombra leve desplegada al viento y que se balancea levemente en el suelo; una vida que es sombra flotante, levitación y sueños en el día abierto; vivo la riqueza de la tierra.

Sí. La vida es muy oriental. Solo algunas personas escogidas por la fatalidad del azar han probado la libertad esquiva y delicada de la vida. Es como saber arreglar flores en un jarrón, una sabiduría casi inútil. Esa libertad fugitiva de la vida no debe ser nunca olvidada, debe estar presente como un efluvio.

Vivir esa vida es más un recordarla indirectamente que un vivir directo. Parece una suave convalecencia de algo que, no obstante, podría haber sido absolutamente terrible. La convalecencia de un placer frío. Solo para los iniciados la vida se vuelve entonces frágilmente verdadera. Y se está en el instante-ya, se come la fruta en su sazón. ¿Acaso ya no sé de qué estoy hablando y se me ha escapado todo sin sentirlo? Sí lo sé, pero con mucho cuidado, porque si no en un tris ya no lo sabré. Me alimento delicadamente de lo cotidiano trivial y tomo café en la terraza en el umbral de este crepúsculo que parece enfermizo solo porque es dulce y sensible.

¿La vida oblicua? Sé bien que hay un desencuentro leve entre las cosas, casi chocan, hay un desencuentro entre los seres que se pierden unos a otros entre palabras que ya casi no dicen nada. pero casi nos entendemos en ese leve desencuentro, en ese casi que es la única forma de soportar la vida plena, porque un encuentro brusco cara a cara con ella nos asustaría, ahuyentaría sus delicados hilos de tela de araña. Nosotros somos de soslayo para no comprometer lo que presentimos de infinitamente otro en esa vida de la que te hablo.

Y yo vivo al margen, en un lugar donde la luz central no me quema. Y hablo muy bajo para que los oídos se vean obligados a estar atentos y a escucharme.

Pero todavía conozco una vida más. La conozco y la quiero y la devoro truculentamente. Es una vida de violencia mágica. Es misteriosa y hechicera. En ella las serpientes se enlazan mientras las estrellas tiemblan. Gotas de agua se deslizan en la oscuridad fosforescente de la gruta. En esa oscuridad las flores se entrelazan en un jardín mágico y húmedo. Y yo soy la hechicera de esa bacanal muda. Me siento derrotada por mi propia corruptibilidad. Y veo que soy intrínsecamente mala. Solo por pura bondad soy buena. Derrotada por mí misma. Que me llevo a los caminos de la salamandra, el genio que gobierna el fuego y en él vive. Y me entrego como ofrenda a los muertos. Hago conjuros en el solsticio, espectro de dragón exorcizado.

Pero no sé cómo captar lo que ya sucede si no es viviendo cada cosa que ahora y ya me suceda no importa qué. Dejo que el caballo libre corra fogoso de pura alegría noble. Yo que corro nerviosa y solo la realidad me delimita. Y cuando el día llega a su fin oigo los grillos y me vuelvo plena e ininteligible. Después la madrugada viene con su seno lleno de millares de pájaros sonoros. Y cada cosa que me suceda yo la vivo aquí anotándola. Porque quiero sentir en mis manos indagadoras el nervio vivo y trémulo del hoy.

Más allá del pensamiento alcanzo un estado. Me niego a dividirlo en palabras, y lo que no puedo y no quiero expresar pasa a ser el más secreto de mis secretos. Sé que tengo miedo de momentos en los cuales no uso el pensamiento y es un momentáneo estado difícil de ser alcanzado, y que, del todo secreto, ya no usa las palabras con las que se producen los pensamientos. ¿No usar palabras es perder la identidad? ¿Es perderse en las esenciales tinieblas dañinas?

Pierdo la identidad del mundo en mí y existo sin garantías. Realizo lo realizable pero lo irrealizable yo lo vivo y mi significado y el del mundo y el tuyo no es evidente. Es fantástico, y me trato en esos momentos con una inmensa delicadeza. ¿Dios es una forma de ser? ¿Es la abstracción que se materializa en la naturaleza de lo que existe? Mis raíces están en las tinieblas divinas. Raíces soñolientas. Vacilando en la oscuridad.

Y entonces siento que dentro de poco nos separaremos. Mi verdad asombrada es que siempre he estado sola de ti y no lo sabía. Ahora lo sé: soy sola. Yo y mi libertad que no sé usar. La gran responsabilidad de la soledad. Quien no está perdido no conoce la libertad y no la ama. En cuanto a mí, asumo mi soledad. Que a veces se extasía como ante los fuegos artificiales. Soy sola y tengo que vivir una cierta gloria íntima que en la soledad puede convertirse en dolor. Y el dolor, en silencio. Guardo su nombre en secreto. Necesito secretos para vivir.

¿En algún momento perdido en la vida se anuncia para cada uno de nosotros una misión que cumplir? Pero rechazo cualquier misión. No cumplo nada, solo vivo.

Es tan curioso y difícil sustituir ahora el pincel por esa cosa extrañamente familiar pero siempre remota, la palabra. La belleza extrema e íntima está en ella. Pero es inalcanzable, y cuando está al alcance es una ilusión porque de nuevo sigue siendo inalcanzable. Emana de mi pintura y de estas mis palabras atropelladas un silencio que es también como el sustrato de los ojos. Hay algo que se me escapa siempre. Cuando no se escapa obtengo una certeza: la vida es otra. Tiene un estilo subyacente.

¿En el instante de la muerte forzaré la vida intentando vivir más de lo que puedo? Pero yo soy hoy.

Te escribo en desorden, ya lo sé. Pero es como vivo. Yo solo trabajo con encuentros y pérdidas.

Pero escribir es frustrante para mí; al escribir lucho con lo imposible. Con el enigma de la naturaleza. Y del Dios. Quien no sabe lo que es Dios nunca podrá saberlo. Solo se sabe del Dios en pasado. Es algo que ya se sabe.

¿Tengo un argumento de vida?, soy inesperadamente fragmentaria. Soy poco a poco. Mi historia es vivir. Y no tengo miedo del fracaso. Aunque el fracaso me aniquile quiero la gloria de caer. Mi ángel lisiado que se lastima huraño, mi ángel que cayó del cielo al infierno, donde vive gozando del mal.

Esto no es un argumento porque no conozco ningún argumento así; pero solo sé ir hablando y haciendo; es la historia de instantes que huyen como los senderos fugitivos que se ven desde la ventana del tren.

Hoy por la tarde nos encontraremos. Y no te contaré ni siquiera eso que escribo y que contiene lo que soy y que te regalo sin que lo leas. Nunca leerás lo que escribo. Y cuando haya anotado mi secreto de ser lo tiraré como si fuese al mar. Te escribo porque no llegas a aceptar lo que soy. Cuando destruya mis anotaciones de instantes ¿volveré a mi nada de donde he sacado un todo? Tengo que pagar el precio. El precio de quien tiene un pasado que solo se renueva con pasión en el extraño presente. Cuando pienso en lo que ya he vivido me parece que he ido dejando mis cuerpos por los caminos.

Son casi las cinco de la mañana. Y la luz desmayada de la aurora frío acero azulado, con la amargura y la acidez del día que nace de las tinieblas. Y que emerge a la superficie del tiempo, lívida yo también, naciendo de la oscuridad, impersonal, yo que soy it.

Voy a decirte una cosa; no sé pintar ni mejor ni peor de lo que lo hago. Yo pinto un «esto». Y escribo con «esto»; es todo lo que puedo. Inquieta. Los litros de sangre que circulan por las venas. Los músculos que se contraen y se relajan. El aura del cuerpo en plenilunio. Parambólica; lo que sea que quiera decir esa palabra. Parambólica es lo que soy. No puedo resumirme porque no se puede sumar una silla y dos manzanas. Yo soy una silla y dos manzanas. Y no me sumo.

De nuevo estoy de amor alegre. Lo que eres yo lo respiro deprisa sorbiendo tu halo de maravilla antes de que acabe evaporado en el aire. ¿Mi fresca voluntad de vivirme y de vivirte es la textura misma de la vida? La naturaleza de los seres y de las cosas ¿es Dios? Tal vez entonces, si le pido mucho a la naturaleza, ¿dejaré de morir? ¿Puedo forzar la muerte y abrirle una grieta a la vida?

Corto el dolor de lo que te escribo y te regalo mi inquieta alegría.

Y en este instante-ya veo estatuas blancas dispersas a lo lejos en la perspectiva de las grandes distancias; cada vez más lejos en el desierto donde me pierdo con la mirada vacía, yo misma estatua que se ve de lejos, yo que estoy siempre perdiéndome. Estoy disfrutando de lo que existe. Callada, aérea, en mi gran sueño. Como no entiendo nada me uno a la vacilante realidad móvil. Lo real lo alcanzo a través del sueño. Yo te invento, realidad. Y te oigo como remotas campanas sordamente sumergidas en el agua y tocando trémulas. ¿Estoy en el centro de la muerte? ¿Y para eso estoy viva? El centro sensible. Y me vibra ese it. Estoy viva. Como una herida, flor en la carne, está en mí abierto el camino de dolorosa sangre. Con el directo y por eso mismo inocente erotismo de los indios de Lagoa Santa. Yo, expuesta a la intemperie, yo, inscripción abierta en el dorso de una piedra, dentro de los amplios espacios cronológicos legados por el hombre prehistórico. Sopla el viento cálido de las grandes extensiones milenarias y levanta un oleaje en mi superficie.

Hoy he usado ocre rojo, ocre amarillo, negro y un poco de blanco. Siento que estoy cerca de fuentes, lagunas y cascadas, todas de aguas abundantes y frescas para mi sed. Y yo, salvaje por fin y por fin libre de los secos días de hoy, troto hacia delante y hacia atrás sin fronteras. Practico cultos solares en las laderas de altas montañas. Pero soy tabú para mí misma. Intocable por prohibida. ¿Soy el héroe que lleva la antorcha en una carrera eterna?

Ah Fuerza de lo que Existe, ayudadme, vos a quien llaman el Dios. ¿Por qué me llama lo horrible terrible? ¿Qué quiero con mi horror? Porque mi demonio es asesino y no teme al castigo: pero el crimen es más importante que el castigo. Yo me vivifico por completo en mi instinto feliz de destrucción.

Intenta entender lo que pinto y lo que escribo ahora. Te lo voy a explicar: en la pintura como en la escritura intento ver exactamente el momento en que veo, y no a través de la memoria de haber visto en un momento pasado. El instante es este. El instante es de una inminencia que me deja sin aliento. El instante es en sí mismo inminente. Al mismo tiempo que yo lo vivo, me lanzo a su paso hacia otro instante.

Así fue como vi el portal de la iglesia que he pintado. Tú me has reprochado el exceso de simetría. Permite que te explique: la simetría es lo mejor que he hecho. He perdido el miedo a la simetría, después del desorden de la inspiración. Es necesario experiencia o valor para revalorizar la simetría cuando se puede imitar fácilmente lo falso asimétrico, una de las originalidades más comunes. Mi simetría en los portales de la iglesia es concentrada, lograda, pero no dogmática. Está traspasada por la esperanza de que dos asimetrías se encontrarán en la simetría. Esto como tercera solución: la síntesis. Tal vez por eso ese aspecto desnudo de los portales, la delicadeza de cosa vivida y después revivida y no ese cierto arrojo inconsecuente de los que no saben. No, no es exactamente tranquilidad lo que hay allí. Hay una dura lucha por la cosa que aunque corroída se mantiene en pie. Y en los colores más densos está la lividez de aquello que, aunque torcido, está en pie. Mis cruces están torcidas por siglos de mortificación. ¿Los portales son ya un aviso de altares? El silencio de los portales. Su verdoso color toma el tono de lo que está entre la vida y la muerte, una intensidad de crepúsculo.

Y en los colores serenos hay bronce viejo y acero y todo ampliado por un silencio de cosas perdidas y encontradas en el suelo del empinado camino. Siento un largo camino y polvareda hasta llegar al descanso del cuadro. Aunque los portales no se abran. ¿O ya es iglesia el portal de la iglesia, y ante él ya se ha llegado?

Lucho para no traspasar el portal. Son muros de un Cristo que está ausente, pero los muros están allí y son tangibles, porque las manos también miran.

Creo el material antes de pintarlo, y la madera se hace tan imprescindible para mi pintura como lo sería para un escultor. Y el material creado es religioso; tiene el peso de vigas de convento. Compacto, cerrado como una puerta cerrada. Pero en el portal hubo desgarradas aberturas, rasgadas por uñas. Y a través de esas brechas se ve lo que está dentro de una síntesis, dentro de la simetría utópica. Color coagulado, violencia, martirio, son las vigas que sustentan el silencio de una simetría religiosa.

Pero ahora estoy interesada en el misterio del espejo. Busco un modo de pintarlo o de hablar de él con la palabra. Pero ¿qué es un espejo? No existe la palabra espejo, solo existen los espejos, porque uno solo es una infinidad de espejos. ¿Habrá en algún lugar del mundo una mina de espejos? Un espejo no es una cosa creada sino nacida. No son necesarios muchos para obtener la mina centelleante y sonámbula y uno refleja el reflejo de lo que otro reflejó, con un temblor que se transmite como un mensaje telegráfico intenso y mudo, insistente, una liquidez en la que se puede sumergir la mano fascinada y retirarla chorreando reflejos de esa dura agua que es el espejo. Como la bola de cristal de los videntes, me arrastra hacia el vacío que para el vidente es su campo de meditación y para mí el campo de silencios y silencios. Y apenas puedo hablar, de tanto silencio desdoblado en otros.

¿Espejo? Ese vacío cristalizado que tiene dentro de sí espacio para continuar siempre adelante sin parar, porque el espejo es el espacio más hondo que existe. Y es una cosa mágica, quien tiene un pedazo roto ya puede ir con él a meditar en el desierto. Verse a sí mismo es extraordinario. Como un gato con el pelo erizado, me estremezco ante mí. Del desierto también volvería vacía, iluminada y translúcida, y con el mismo silencio vibrante de un espejo.

Su forma no importa, ninguna forma consigue circunscribirlo y alterarlo. El espejo es luz. Un pedazo pequeño de espejo es siempre todo el espejo.

Se quita su marco o la línea de su bisel y crece como el agua que se derrama.

¿Qué es un espejo? Es el único material inventado que es natural. Quien mira un espejo, quien consigue verlo sin verse, quien entiende que su profundidad consiste en ser vacío, quien camina hacia el interior de su espacio transparente sin dejar en él el vestigio de la propia imagen, ese alguien ha entendido entonces su misterio. Para eso hay que sorprenderlo cuando está solo, cuando está colgado en una habitación vacía, sin olvidar que la más tenue aguja ante él podría transformarlo en la simple imagen de una aguja, tan sensible es el espejo en su calidad de reflejo levísimo, solo la imagen y no el cuerpo. El cuerpo de la cosa.

Al pintarlo necesité mi propia delicadeza para no atravesarlo con mi imagen, porque un espejo en el que yo me veo ya soy yo, solo un espejo vacío es un espejo vivo. Solo una persona muy delicada puede entrar en una habitación vacía donde hay un espejo vacío, y con una tal levedad, con una tal ausencia de sí misma, que la imagen no se marque. Como premio esa persona delicada habrá penetrado entonces en uno de los secretos inviolables de las cosas, habrá visto el espejo propiamente dicho.

Y ha descubierto los enormes espacios helados que tiene en sí, solo interrumpidos por algún bloque de hielo. Un espejo es frío y hielo. Pero hay una sucesión de oscuridades en su interior —comprender esto es un instante excepcional— y es preciso estar al acecho días y noches, en ayunas de uno mismo, para poder captar y sorprender esa sucesión de oscuridades que hay en su interior. Con los colores blanco y negro capturo en la tela su luminosidad trémula. Con el mismo blanco y negro capturo también, con un escalofrío, una de sus verdades más difíciles: su gélido silencio sin color. Es necesario entender la violenta ausencia de color de un espejo para poder recrearlo, como si se recrease la violenta ausencia de sabor del agua.

No, no he descrito el espejo; yo he sido él. Y las palabras son ellas mismas, sin tono de discurso.

Tengo que parar para decir que «X» es lo que existe dentro de mí. «X», me baño en este esto. Es impronunciable. Todo lo que no sé está en «X». ¿La muerte?, la muerte es «X». Pero gran parte de la vida también porque la vida es impronunciable. «X» que se estremece en mí y tengo miedo de su diapasón; vibra como una cuerda de violoncelo, una cuerda tensa que cuando se pulsa emite electricidad pura, sin melodía. El instante impronunciable. Una sensibilidad diferente es lo que se percibe de «X».

Espero que vivas «X» para que sientas esa especie de sueño creador que se despereza a través de las venas. «X» no es ni bueno ni malo. Siempre es independiente. Pero solo le sucede a lo que tiene cuerpo. Aunque sea inmaterial necesita de nuestro cuerpo y del cuerpo de la cosa. Hay objetos que son este misterio total del «X». Como lo que vibra mudo. Los instantes son astillas de «X» estallando sin parar. El exceso de mí llega a doler y cuando estoy excesiva tengo que salir de mí como la leche, que si no fluyese reventaría el seno. Me libro de la presión y vuelvo a mi tamaño natural. La elasticidad exacta. La elasticidad de una pantera suave.

Una pantera negra enjaulada. Una vez miré fijamente a los ojos de una pantera y ella me miró fijamente a los ojos. Nos transmutamos. Aquel miedo. Salí de allí confundida por dentro, el «X» inquieto. Todo había pasado más allá del pensamiento. Siento añoranza de aquel terror que me causó intercambiar una mirada con la pantera negra. Sé causar terror.

¿Es «X» el soplo del it? ¿Es su radiante respiración fría? ¿Es «X» la palabra? La palabra solo se refiere a una cosa y esta siempre es inalcanzable para mí. Cada uno de nosotros es un símbolo en guerra con símbolos, todo apenas un punto de referencia de lo real. Buscamos desesperadamente encontrar una identidad propia y la identidad de lo real. Y si nos entendemos a través del símbolo es porque tenemos los mismos símbolos y la misma experiencia de la cosa en sí, pero la realidad no tiene sinónimos.

Te estoy hablando en abstracto y me pregunto: ¿soy un aria cantabile? No, no se puede cantar lo que te escribo. ¿Por qué no abordo un tema que fácilmente podría descubrir? Pero no, camino arrimada a la pared, escamoteo la melodía descubierta, ando en la sombra, en ese lugar donde tantas cosas suceden. A veces me deslizo por el muro, en un lugar donde nunca da el sol. Mi maduración de un tema ya sería un aria cantabile —otra persona hará otra música—, la música de la madurez de mi cuarteto. Esta es antes de la madurez. La melodía sería el hecho. Pero ¿qué hecho tiene una noche que transcurre por entero en un atajo donde no hay nadie y mientras dormimos sin saber nada? ¿Dónde está el hecho? Mi historia es de una oscuridad tranquila, de raíz dormida en su fuerza, de olor que no tiene perfume. Y en nada de eso existe lo abstracto. Es lo figurativo de lo innombrable. Casi no existe carne en este cuarteto mío. Qué pena que la palabra «nervios» esté conectada con vibraciones dolorosas, si no, sería un cuarteto de nervios. Cuerdas oscuras que, tocadas, no hablan sobre «otras cosas», no cambian de tema; son en sí y de sí, se entregan iguales a como son, sin mentira ni fantasía.

Sé que después de que me leas será difícil reproducir de oído mi música, no es posible cantarla sin haberla memorizado. ¿Y cómo memorizar una cosa que no tiene historia?

Pero recordarás algo que también sucedió en la sombra. Habrás compartido esa primera existencia muda, te habrás deslizado, como en un tranquilo sueño de una noche tranquila, como la resina por el tronco del árbol. Después dirás: no he soñado nada. ¿Será suficiente? Sí, es suficiente. Y sobre todo hay en esa existencia primera una ausencia de error y el tono de emoción de quien podría mentir pero no miente. ¿Es suficiente? Sí, es suficiente.

Pero yo también quiero pintar un tema, quiero crear un objeto. Y ese objeto será un armario ropero porque ¿qué puede ser más concreto? Tengo que estudiar el armario antes de pintarlo. ¿Qué veo? Veo que el armario parece penetrable porque tiene una puerta. Pero al abrirla se ve que se ha aplazado la irrupción porque por dentro también es una superficie de madera, como una puerta cerrada. Función del armario ropero: conservar en la oscuridad a los travestidos. Naturaleza: la de la inviolabilidad de las cosas. Relación con personas: nos miramos en el espejo de la parte interior de la puerta, nos miramos siempre con mala luz porque el armario ropero nunca está en el lugar adecuado; desmañado, se le pone donde cabe, siempre descomunal, corcovado, tímido y desastrado, sin saber cómo ser más discreto porque tiene demasiada presencia. Un armario ropero es enorme, intruso, triste, bondadoso.

Pero entonces se abre la puerta-espejo y con el movimiento de la puerta se crea una nueva composición del cuarto en sombra y en esa composición entran frascos y frascos de vidrio de claridad fugitiva.

Ahí puedo pintar la esencia de un armario ropero. La esencia que nunca es cantabile. Pero quiero tener la libertad de decir cosas sin nexo como una profunda forma de alcanzarte. Solo lo equivocado me atrae, y amo el pecado, la flor del pecado.

Pero qué hacer si no te enterneces con mis defectos, mientras yo he amado los tuyos. Mi inocencia fue humillada por ti. No me amaste, eso solo yo lo sé. Estuve sola. Sola de ti. Escribo para nadie y se está creando una improvisación que no existe. Me he despegado de mí.

Y quiero la desarticulación, solo así soy yo en el mundo. Solo así me siento bien.

Siéntete bien. Yo en mi soledad estoy a punto de explotar. Morir debe de ser una muda explosión interna. El cuerpo ya no soporta ser cuerpo. ¿Y si morir tuviese el sabor de la comida cuando se tiene mucha hambre? ¿Y si morir fuese un placer, un placer egoísta?

Ayer estaba tomando café y oí a la criada en la zona de servicio; estaba tendiendo la ropa en la cuerda y cantaba una melodía sin palabras. Una especie de cantinela extremadamente dolorida. Le pregunté de quién era la canción y ella respondió: es una tontería mía, no es de nadie.

Sí, lo que te escribo no es de nadie. Y esa libertad de nadie es muy peligrosa. Es como el infinito que tiene color de aire.

Todo esto que estoy escribiendo es tan caliente como un huevo caliente que pasamos deprisa de una mano a la otra y de nuevo de la otra a la primera para no quemarnos. Ya he pintado un huevo. Y ahora como en la pintura solo digo: huevo y basta.

No, nunca he sido moderna. Y sucede lo siguiente: cuando me extraña la palabra entonces alcanza su sentido. Y cuando me extraña la vida entonces empieza la vida. Tengo cuidado de no sobrepasarme. En todo esto hay una gran contención. Y entonces me entristezco solo para descansar. Llego a llorar dulcemente de tristeza. Después me levanto y vuelvo a empezar. Pero ahora no te contaría una historia porque en este caso sería prostitución. Y no escribo para agradarte. Principalmente a mí misma. Tengo que seguir la línea pura y mantener no contaminado mi it.

Ahora te escribiré todo lo que me venga a la mente con el mayor cuidado posible. Es que me siento atraída por lo desconocido. Pero mientras me tenga a mí no estaré sola. Empiezo. Voy a coger el presente en cada frase que muere. Ahora:

Ah, si hubiera sabido que era así no habría nacido. La locura es vecina de la más cruel sensatez. Esto es una tempestad del cerebro y una frase apenas tiene que ver con la otra. Me trago la locura que no es locura, es otra cosa. ¿Me entiendes? Pero voy a tener que parar porque estoy tan y tan cansada que solo morir me aliviaría de este cansancio. Me voy.

He vuelto. Ahora intentaré actualizarme otra vez con lo que me ocurre en este momento, y así me crearé a mí misma. Es así:

El anillo que me regalaste era de vidrio y se rompió y el amor se acabó. Pero a veces en su lugar llega el bello odio de los que se amaron y se devoraron. La silla que está allí enfrente es un objeto. Inútil mientras la miro. Dime por favor qué hora es para que yo sepa que estoy viviendo esta hora. Me estoy encontrando conmigo misma; es mortal porque solo la muerte me concluye. Pero yo aguanto hasta el final. Te voy a contar un secreto: la vida es mortal. Voy a tener que interrumpirlo todo para decirte lo siguiente: la muerte es lo imposible y lo intangible. De tal manera la muerte es solo futuro que hay quien no lo soporta y se suicida. Es como si la vida dijese lo siguiente: y simplemente no hubiese lo siguiente. Solo los dos puntos esperando. Mantenemos este secreto en silencio para esconder que cada instante es mortal. El objeto silla me interesa. Amo los objetos en la medida en que ellos no me aman. Pero si no entiendo lo que escribo la culpa no es mía. Tengo que hablar porque hablar salva. Pero no tengo ninguna palabra que decir. ¿Qué es lo que en la locura de la franqueza una persona se diría a sí misma? Pero sería la salvación. Aunque el terror a la franqueza venga de las tinieblas que me atan al mundo y a la creadora inconsciencia del mundo. Hoy es una noche con muchas estrellas en el cielo. Ha parado de llover. Estoy ciega. Abro bien los ojos y solo veo. Pero el secreto no lo veo ni lo siento. ¿Estaré haciendo aquí una verdadera orgía más allá del pensamiento? ¿Una orgía de palabras? El magnetófono está roto. Miro la silla y esta vez es como si también ella me hubiese mirado y visto. El futuro es mío mientras viva. Veo las flores en el jarrón. Son flores silvestres y que han nacido sin ser plantadas. Son amarillas. Pero mi cocinera ha dicho: qué flores más feas. Solo porque es difícil amar lo que es franciscano. Más allá de mi pensamiento hay una verdad que es la del mundo. Lo ilógico de la naturaleza. Qué silencio. «Dios» es de un silencio tan enorme que me aterroriza. ¿Quién habrá inventado la silla? Es necesario valor para escribir lo que me llega; nunca se sabe lo que puede llegar y asustar. El monstruo sagrado murió. En su lugar nació una niña que era huérfana de madre. Sé que tendré que parar. No por falta de palabras sino porque estas cosas, y sobre todo las que solo pienso y no he escrito, no se dicen. Voy a hablar de lo que se llama la experiencia. Es la experiencia de pedir socorro y de que el socorro nos sea dado. Tal vez valga la pena haber nacido para implorar un día calladamente y calladamente recibir. Yo pedí socorro y no me fue negado. Me sentí entonces como si fuese un tigre con una flecha mortal clavada en la carne que estuviese rondando lentamente a las personas temerosas para descubrir quién tendría el valor de acercarse y quitarle el dolor. Y entonces hay alguien que sabe que un tigre herido es tan peligroso como un niño. Y acercándose a la fiera, sin miedo de tocarla, arranca la flecha clavada.

¿Y el tigre? No se puede dar las gracias. Entonces doy unas vueltas lentas frente a la persona y dudo. Me lamo una de las patas y después, como no es la palabra lo que entonces tiene importancia, me aparto silenciosamente.

¿Qué soy en este instante? Soy una máquina de escribir que hace sonar las teclas secas en la húmeda y oscura madrugada. Hace mucho que ya no soy humana. Quisieron que fuese un objeto. Soy un objeto. Que crea otros objetos y la máquina nos crea a todos nosotros. Ella exige. El mecanismo exige y exige mi vida. Pero yo no obedezco del todo; si tengo que ser un objeto que sea un objeto que grita. Hay algo dentro de mí que duele. Ah cómo duele y cómo grita pidiendo socorro. Pero faltan lágrimas en la máquina que soy. Soy un objeto sin destino. ¿Soy un objeto en manos de quién? Tal es mi destino humano. Lo que me salva es que grito. Yo protesto en nombre de lo que está dentro del objeto más allá del más allá del pensamiento-sentimiento. Soy un objeto urgente.

Ahora silencio y leve sorpresa.

Porque a las cinco de la madrugada de hoy, 25 de julio, he caído en estado de gracia.

Ha sido una sensación súbita, pero dulcísima. La luminosidad sonreía en el aire, exactamente eso. Era un suspiro del mundo. No sé explicarlo como no se sabe explicar la aurora a un ciego. Es inefable lo que me ha sucedido en la forma de sentir, necesito rápidamente tu empatía. Siente conmigo. Sería una felicidad suprema.

Pero si ya has conocido el estado de gracia reconocerás lo que voy a decir. No me refiero a la inspiración, que es una gracia especial que tantas veces sucede a los que tratan con el arte.

El estado de gracia de que hablo no se usa para nada. Es como si solo llegase para que se supiese que se existe realmente y que existe el mundo. En ese estado, además de la tranquila felicidad que irradian las personas y las cosas, hay una lucidez que llamo leve solo porque en la gracia todo es leve. Es la lucidez de quien ya no necesita adivinar; sin esfuerzo sabe. Solo eso, sabe. No me preguntes qué, porque solo puedo responder de la misma manera: se sabe.

Y hay una bienaventuranza física que no se puede comparar con nada. El cuerpo se transforma en un don. Y se sabe que es un don porque se está sintiendo, de una fuente directa, la dádiva de repente indudable de existir milagrosa y materialmente.

Todo adquiere una especie de aura que no es imaginaria, viene del esplendor de la irradiación matemática de las cosas y del recuerdo de las personas. Se empieza a sentir que todo lo que existe respira y desprende un finísimo resplandor de energía. La verdad del mundo, sin embargo, es impalpable.

No es ni de lejos lo que a duras penas imagino que debe de ser el estado de gracia de los santos. Este estado no lo he conocido nunca y ni siquiera puedo imaginarlo. Es solo la gracia de una persona normal que la hace de repente real porque es normal y humana y reconocible.

Los descubrimientos en ese sentido son inefables e incomunicables. E impensables. Por eso en la gracia me mantuve sentada, quieta, silenciosa. Es como una anunciación. Que no está, sin embargo, precedida por ángeles. Pero es como si el ángel de la vida viniese a anunciarme el mundo.

Después, lentamente salí. No como si hubiese estado en trance —no hay ningún trance—, se sale poco a poco, con el suspiro de quien lo ha tenido todo como el todo es en sí. También es ya un suspiro de añoranza. Porque después de sentir haber obtenido un cuerpo y un alma, se quiere más y más. Inútil querer; solo viene cuando quiere y espontáneamente.

Esa felicidad quise eternizarla a través de la objetivación de la palabra. Inmediatamente fui a buscar en el diccionario la palabra beatitud, que detesto como palabra y vi que quiere decir gozo del alma. Habla de felicidad tranquila; yo la llamaría sin embargo transporte o levitación. Tampoco me gusta lo que sigue en el diccionario, que dice: «de quien se abstrae en contemplación mística». No es cierto, yo no estaba de ningún modo en meditación, no hubo en mí ninguna religiosidad. Había acabado de tomar café y estaba simplemente viviendo allí sentada con un cigarrillo quemándose en el cenicero.

Vi cuando empezó y se apoderó de mí. Y vi cuando se fue desvaneciendo y terminó. No estoy mintiendo. No había tomado ninguna droga y no fue una alucinación. Yo sabía quién era yo y quiénes eran los otros.

Pero ahora quiero ver si consigo aprehender lo que me ha sucedido usando palabras. Al usarlas estaré destruyendo un poco lo que sentí, pero es inevitable. Voy a llamar a lo que sigue «Al margen de la beatitud». Empieza así, muy lentamente:

Cuando se ve el acto de ver no tiene forma; lo que se ve a veces tiene forma, a veces no. El acto de ver es inefable. Y a veces lo que se ve también es inefable. Y así es cierta forma de pensar-sentir a la que llamaré «libertad», solo para darle un nombre. La libertad en sí —como acto de percepción— no tiene forma. Y como el verdadero pensamiento se piensa a sí mismo, esa especie de pensamiento alcanza su objetivo en el propio acto de pensar. No quiero decir con eso que sea vaga o gratuitamente. Sucede que el pensamiento primario —como acto de pensamiento— ya tiene forma y es más fácilmente transmisible a sí mismo, o mejor, a la propia persona que lo está pensando; y tiene por eso —por tener forma— un alcance limitado. Mientras que el pensamiento llamado «libertad» es libre como acto de pensamiento. Es libre hasta el punto de que al propio pensador este pensamiento le parece no tener autor.

El verdadero pensamiento parece no tener autor.

Y la beatitud tiene esa misma marca. La beatitud empieza en el momento en que el acto de pensar se libera de la necesidad de la forma. La beatitud empieza en el momento en que el pensar-sentir sobrepasa la necesidad de pensar del autor; este no necesita ya pensar y se encuentra cerca de la grandeza de la nada. Podría decir del «todo». Pero todo es cantidad, y la cantidad tiene límite en su propio inicio. La verdadera inconmensurabilidad es la nada, que no tiene barreras y donde uno puede explayar su pensar-sentir.

Esta beatitud no es en sí laica o religiosa. Y todo eso no implica necesariamente el problema de la existencia o no existencia de un Dios. Lo que estoy diciendo es que el pensamiento del hombre y la manera como ese pensar-sentir puede llegar a un grado extremo de incomunicabilidad que, sin sofisma o paradoja, es al mismo tiempo, para ese hombre, el punto mayor de comunicabilidad. Él se comunica consigo mismo.

Dormir nos acerca mucho a ese pensamiento vacío y sin embargo pleno. No estoy hablando del sueño que, en ese caso, sería un pensamiento primario. Estoy hablando de dormir. Dormir es abstraerse y explayarse en la nada.

Quiero decirte también que después de la libertad del estado de gracia también llega la libertad de la imaginación. Ahora mismo soy libre.

Y por encima de la libertad, por encima de un cierto vacío creo ondas musicales serenísimas y repetidas. La locura del invento libre. ¿Quieres verlo conmigo? ¿El paisaje donde pasa esta música? Aire, tallos verdes, el mar tendido, silencio de mañana de domingo. Un hombre flaco con un solo pie tiene solo un gran ojo transparente en medio de la frente. Un ente femenino se acerca gateando, habla con una voz que parece venir de otro espacio, una voz que suena no como la primera voz sino como un eco de una primera voz que no se ha oído. La voz es torpe, eufórica y habla por la fuerza de la costumbre de la vida anterior: ¿quiere tomar un té? Y no espera respuesta. Coge una espiga delgada de trigo de oro y se la pone entre las encías sin dientes y se aleja gateando con los ojos abiertos. Unos ojos inmóviles como la nariz. Es necesario mover toda la cabeza sin huesos para mirar un objeto. Pero ¿qué objeto? El hombre flaco mientras tanto se ha dormido sobre su pie y ha dormido su ojo sin cerrarlo. Dormir el ojo es no querer ver. Cuando no ve, duerme. En el ojo silente se refleja la planicie como en un arcoíris. El aire es maravilla. Las ondas musicales vuelven a empezar. Alguien se mira las uñas. Hay un sonido que a lo lejos hace: ¡psst! ¡psst!… Pero el hombre-con-un-solo-pie nunca podría imaginar que lo están llamando. Se inicia un sonido al lado, como la flauta que siempre parece tocar de lado; se inicia un sonido al lado que atraviesa las ondas musicales sin temblor y se repite tanto que acaba por perforar con su gota incesante la roca. Es un sonido elevadísimo y sin frisos. Un lamento alegre y pausado y agudo como el agudo no-estridente y dulce de una flauta. Es la nota más alta y feliz que una vibración puede dar. Ningún hombre en la tierra podría oírla sin enloquecer y empezar a sonreír para siempre. Pero el hombre en pie sobre su único pie duerme erguido. Y el ser femenino tendido en la playa no piensa. Un nuevo personaje atraviesa la planicie desierta y desaparece cojeando. Se oye: ¡psst; psst! Y no se llama a nadie.

Se ha acabado ahora la escena que mi libertad ha creado.

Estoy triste. Un malestar que viene de que el éxtasis no quepa en la vida de los días. Al éxtasis debía de seguirle el sueño para atenuar su vibración de cristal resonante. El éxtasis tiene que ser olvidado.

Los días. Estoy triste a causa de esta luz diurna de acero en la que vivo. Respiro el olor de acero en el mundo de los objetos.

Pero ahora tengo ganas de decir cosas que me consuelan y que son un poco libres. Por ejemplo: el jueves es un día transparente como el ala de un insecto en la luz. Así como el lunes es un día compacto. En el fondo, más allá del pensamiento, vivo de esas ideas, si es que son ideas. Son sensaciones que se transforman en ideas porque tengo que usar palabras. Usarlas incluso mentalmente. El pensamiento primario piensa con palabras. El «libertad» se libera de la esclavitud de la palabra.

Y Dios es una creación monstruosa. Tengo miedo de Dios porque Él es demasiado total para mi tamaño. Y también tengo una especie de pudor en relación a Él, hay cosas mías que ni Él sabe. ¿Miedo? Conozco un ella que teme a las mariposas como si fuesen sobrenaturales. Y la parte divina de las mariposas verdaderamente produce terror. Y conozco un él que siente escalofríos de horror ante las flores, cree que las flores son hechiceramente delicadas como un suspiro de nadie en la oscuridad.

Yo estoy escuchando ese silbido en la oscuridad. Yo, que estoy enferma de condición humana. Me rebelo, no quiero seguir siendo humana. ¿Quién? ¿Quién tiene misericordia de nosotros que sabemos sobre la vida y la muerte cuando un animal, que yo envidio profundamente, es inconsciente de su condición? ¿Quién tiene piedad de nosotros? ¿Hemos sido abandonados? ¿Entregados a la desesperación? No, tiene que haber algún consuelo posible. Lo juro, tiene que haberlo. Yo no tengo el valor de decir la verdad que nosotros sabemos. Hay palabras prohibidas.

Pero lo denuncio. Denuncio nuestra debilidad, denuncio el horror alucinante de morir y respondo a toda esa infamia con —exactamente esto que ahora quedará escrito— y respondo a toda esa infamia con la alegría. Purísima y levísima alegría. Mi única salvación es la alegría. Una alegría atonal dentro del it esencial. ¿No tiene sentido? Pues tiene que tenerlo. Porque es demasiado cruel saber que la vida es única y que no tenemos como garantía más que la fe en tinieblas; porque es demasiado cruel, respondo con la pureza de una alegría indomable. Me niego a estar triste. Seamos alegres. Quien no tenga miedo de ser alegre y de sentir por una vez siquiera la alegría alocada y profunda tendrá lo mejor de nuestra verdad. Yo estoy —a pesar de todo, oh, a pesar de todo— alegre en este instante-ya que pasa si yo no puedo fijarlo en palabras. Estoy alegre en este mismo instante porque me niego a ser vencida, y entonces amo. Como respuesta. El amor impersonal, el amor it, es alegría, incluso el amor que no sale bien, incluso el amor que termina. Y mi propia muerte y la de los que amamos tiene que ser alegre, no sé todavía cómo, pero tiene que serlo. Vivir es esto, la alegría del it. Y conformarme no como vencida sino en un allegro con brío.

Además no quiero morir. Me rebelo contra «Dios». ¿Vamos a no morir como desafío?

No voy a morir, ¿me oyes, Dios? No tengo valor, ¿me oyes? No me mates, ¿me oyes? Porque es una infamia nacer para morir no se sabe cuándo ni dónde. Voy a estar muy alegre, ¿me oyes? Como respuesta, como insulto. Una cosa te garantizo: nosotros no tenemos la culpa. Es necesario entender mientras estoy viva, ¿me oyes?, porque después será demasiado tarde.

Ah, este flash de instantes nunca termina. ¿Mi canto al it nunca termina? Voy a acabarlo deliberadamente con un acto voluntario. Pero él continúa improvisando constantemente, creando siempre y siempre el presente que es futuro.

Esta improvisación es.

¿Quieres ver cómo continúa? Esta noche —es difícil explicártelo—, esta noche he soñado que estaba soñando. ¿Acaso después de la muerte es así? ¿El sueño de un sueño de un sueño?

Soy hereje. No, no es verdad. ¿O lo soy? Pero algo existe.

Ah, vivir es tan incómodo. Todo aprieta, el cuerpo exige, el espíritu no para, vivir parece tener sueño y no poder dormir, vivir es incómodo. No se puede andar desnudo ni de cuerpo ni de espíritu.

¿No te dije que vivir aprieta? Pues me he ido a dormir y he soñado que te escribía un largo majestoso y era más verdad todavía que lo que te escribo, era sin miedo. He olvidado lo que escribí en el sueño, todo ha vuelto a la nada, ha vuelto a la Fuerza de lo que Existe y que se llama a veces Dios.

Todo acaba pero lo que te escribo continúa. Y eso es bueno, muy bueno. Lo mejor todavía no se ha escrito. Lo mejor está en las entrelíneas.

Hoy es sábado y está hecho del más puro aire, solo aire. Te hablo como un ejercicio profundo, y pinto como un ejercicio propio y profundo. ¿Qué quiero escribir ahora? Quiero algo tranquilo y sin modas. Algo como el recuerdo de un monumento alto que parece más alto porque es recuerdo. Pero de paso quiero haber tocado realmente el monumento. Voy a parar porque es sábado.

Sigue siendo sábado.

Aquello que será después es ahora. Ahora es el dominio de ahora. Y mientras dura la improvisación yo nazco.

Y después de una tarde de «quién soy yo» y de despertar a la una de la madrugada todavía desesperada, entonces a las tres de la madrugada desperté y me encontré. Fui al encuentro de mí. Tranquila, alegre, plenitud sin fulminación. Simplemente yo soy yo. Y tú eres tú. Es vasto, va a durar.

Lo que te escribo es un «esto». No va a parar, continúa.

Me miras y me amas. No, tú te miras y te amas. Es lo correcto.

Lo que te escribo continúa y estoy hechizada.